O PROJETO DECAMERÃO

O PROJETO DECAMERÃO

29 HISTÓRIAS DA PANDEMIA

The New York Times Magazine

Ilustrações de Sophy Hollington

Tradução:
Isabela Sampaio, Luisa Geisler,
Rogerio W. Galindo e Simone Campos

Rocco

Título original
THE DECAMERON PROJECT
29 New Stories from The Pandemic

Direitos para a língua portuguesa reservados
com exclusividade para o Brasil à
EDITORA ROCCO LTDA.
Rua Evaristo da Veiga, 65 – 11º andar
Passeio Corporate – Torre 1
20031-040 – Rio de Janeiro, RJ
Tel.: (21) 3525-2000 – Fax: (21) 3525-2001
rocco@rocco.com.br
www.rocco.com.br

Printed in Brazil/Impresso no Brasil

CIP-Brasil. Catalogação na publicação.
Sindicato Nacional dos Editores de Livros, RJ.

T35p The New York Times Magazine
O projeto decamerão : 29 histórias da pandemia / The New York Times Magazine ; tradução Isabela Sampaio ... [et al.]. - 1ª ed. - Rio de Janeiro : Rocco, 2021.

Tradução de: The decameron project : 29 new stories from the pandemic
ISBN 978-65-5532-071-8
ISBN 978-65-5595-054-0 (e-book)

1. Contos americanos. I. Sampaio, Isabela. II. Título.

20-68228 CDD: 813
CDU: 82-34(73)

Leandra Felix da Cruz Candido – Bibliotecária – CRB-7/6135

O texto deste livro obedece às normas do
Acordo Ortográfico da Língua Portuguesa.

SUMÁRIO

PREFÁCIO DE CAITLIN ROPER

Em março de 2020, as livrarias começaram a esgotar os estoques de um livro do século XIV — *O Decamerão*, de Giovanni Boccaccio, uma coleção de histórias dentro da história, contadas por e para um grupo de mulheres e homens que se abrigaram fora de Florença enquanto a peste assolava a cidade. Nos Estados Unidos, estávamos começando a nos isolar, a aprender o significado de entrar em quarentena, e muitos leitores buscavam orientação nesse livro antigo. Conforme o coronavírus começava a se espalhar pelo mundo, a romancista Rivka Galchen procurou a *New York Times Magazine* e nos disse que gostaria de escrever um artigo recomendando o *Decamerão* de Boccaccio para ajudar os leitores a compreenderem o momento atual. Amamos a ideia, mas, em vez disso, pensamos: e se fizéssemos nosso próprio *Decamerão*, repleto de novas histórias escritas durante a quarentena?

Começamos a entrar em contato com escritores pedindo que apresentassem suas ideias — em linhas gerais, que histórias esperavam contar. Alguns deles estavam trabalhando em romances e não teriam tempo. Um estava cuidando de crianças pequenas e ainda não tinha descoberto como, e se, seria capaz de escrever nessas circunstâncias. Outro respondeu:

"Infelizmente, a parte do meu cérebro que escreve ficção não está encontrando inspiração na crise atual." Nós compreendemos. Não sabíamos ao certo se nossa ideia tinha futuro.

Mas então, conforme o vírus dominava a cidade de Nova York e encarávamos o medo e a tristeza do luto, começamos a ouvir algo diferente, algo que nos deu esperança: interesse e ideias de histórias tentadoras. O romancista John Wray disse que gostaria de escrever "sobre um jovem na Espanha que aluga seus cães para ajudar pessoas a burlarem as restrições do toque de recolher, fingindo passear com seus animais de estimação". A ideia de Mona Awad começa assim: "Ao completar quarenta anos, uma mulher se dá de presente uma visita a um spa exclusivo para fazer um de seus famosos tratamentos faciais. Chegando lá, eles lhe oferecem um procedimento altamente experimental que envolve a remoção de certas memórias ruins para iluminar, suavizar e rejuvenescer verdadeiramente a pele..." Charles Yu nos disse que teve algumas ideias, "mas a que mais me anima é uma história contada a partir de dois pontos de vista: o vírus e o algoritmo de buscas do Google". Eis a ideia de história que Margaret Atwood gostaria de escrever: "Ela é contada a um grupo de terráqueos em quarentena por um alienígena de um planeta distante que fora enviado à Terra como parte de um pacote de auxílio interestelar." É isso, essa foi a ideia completa. Como seria possível dizer não? Queríamos ler todos esses contos. Na verdade, tínhamos material demais para encaixar numa só revista. Logo percebemos, com dor no coração, que precisávamos parar de procurar escritores.

Quando as histórias começaram a chegar, por mais que estivéssemos imersos numa das experiências mais assustadoras de nossas vidas, sabíamos que esses escritores estavam produzindo arte. Não estávamos preparados para a intensidade com que seriam capazes de transformar o horror do momento atual em algo tão poderoso. Foi um lembrete de que as melhores obras de ficção podem nos transportar para longe de nós mesmos e, ao mesmo tempo, de certa forma, nos ajudar a compreender exatamente onde estamos.

A edição da revista foi publicada em 12 de julho, enquanto o vírus voltava a avançar nos Estados Unidos. A resposta dos leitores foi rápida e entusiástica. Nossas caixas de entrada se encheram de cartas ao editor, comentando sobre o conforto que os contos lhes proporcionaram. Não dá para pensar num objetivo maior para este projeto, tanto em sua forma original quanto no livro que você tem agora em mãos, do que oferecer alegria e consolo durante um momento sombrio e instável. Esperamos que você o leia com saúde.

CONTOS SALVA-VIDAS

UMA INTRODUÇÃO DE RIVKA GALCHEN

Dez jovens decidem entrar em quarentena longe de Florença. O ano é 1348, época da peste bubônica. Os infectados desenvolvem protuberâncias na virilha ou nas axilas, seguidas de manchas escuras espalhadas pelo corpo. Dizem que alguns aparentam saúde no café da manhã, mas, lá pela hora do jantar, já estão dividindo um prato com seus ancestrais em outro plano. Porcos selvagens farejam e dilaceram os trapos dos cadáveres, e, em seguida, estes animais têm convulsões e morrem. O que esses jovens fazem, após escapar de um sofrimento e um horror indescritíveis? Eles comem, cantam e se revezam contando histórias uns aos outros. Em uma delas, uma freira veste por engano as calças do amante na cabeça, como se fosse uma touca. Em outra, uma mulher de coração partido cultiva manjericão num vaso que contém a cabeça decepada de seu amante. A maioria das histórias é boba, algumas são tristes, e nenhuma delas é centrada na peste. Esta é a estrutura do *Decamerão* de Giovanni Boccaccio, um livro aclamado há quase setecentos anos.

Tudo indica que Boccaccio, ele mesmo de Florença, tenha começado a escrever o *Decamerão* em 1349, mesmo ano em que seu pai faleceu, provavelmente em decorrência da peste. Ele concluiu o livro em poucos anos. Inicialmente, a obra foi lida e adorada pelas mesmas pessoas que assistiram à morte de quase metade de seus conterrâneos. As histórias do livro, em sua maioria, não são novas, mas antigos contos conhecidos reencarnados. Boccaccio termina o *Decamerão* com uma piada sobre como alguns leitores podem considerá-lo um homem de peso, mas, como explica, ele é tão leve que flutua na água. O que pensar de tanta jocosidade num momento desses?

Em meados de março, eu e vários outros assistimos a dois pinguins-de-penacho-amarelo passeando livremente pelo Shedd Aquarium, em Chicago. Wellington, o pinguim, encantou-se com as belugas. Embora naquele momento talvez eu já tivesse lido dezenas de artigos sobre o novo coronavírus, foram aqueles curiosos pinguins isolados que fizeram com que a pandemia me parecesse real emocionalmente, por mais que os vídeos também me fizessem sorrir e fossem um alívio em meio às "notícias". Em maio, três pinguins de Humboldt visitaram os corredores estranhamente vazios do Museu de Arte Nelson-Atkins, em Kansas City, e se demoraram diante das pinturas de Caravaggio. Os próprios pinguins tiveram um certo assombro com a arte — a revelação de uma realidade que sempre esteve presente, mas, paradoxalmente, escondida por trás de tanta informação.

É fácil não reparar na realidade, talvez por olharmos para ela o tempo inteiro. Minha filha de seis anos teve pouco a dizer e poucas perguntas a fazer a respeito da pandemia, exceto por, vez ou outra, propor um plano: partir o coronavírus em um milhão de pedacinhos e enterrá-lo no solo. Ela acha essa "história" perturbadora demais para se pensar diretamente. Mas, quando as notícias mostraram equipamentos de proteção individual, seus bonecos passaram a vestir armaduras feitas de embalagens de papel-alumínio, barbante e fita adesiva. Mais tarde, eles foram embrulhados em bolinhas de algodão. Envolveram-se em batalhas detalhadas que eu não conseguia compreender. Em momentos mais silenciosos de leitura, minha filha desenvolveu uma obsessão pela série *Wings of Fire*, em que jovens dragões trabalham para cumprir a profecia de que darão um fim à guerra.

Quando temos uma história radical, verdadeira e importante acontecendo a cada instante, por que recorrer a contos imaginários? "A arte é o que torna a vida mais interessante do que a arte", observou o artista francês do movimento Fluxus, Robert Filliou, em um de seus trabalhos, sugerindo que não enxergamos a vida à primeira vista. É como se ela fosse uma daquelas ilusões de ótica, tal qual a caveira na pintura *Os Embaixadores*, de Hans Holbein, o Jovem, que só é percebida quando o observador fica de lado — vista de frente, pode ser confundida com madeira, ou nem sequer notada. No italiano de Boccaccio, a palavra *novelle* significa tanto notícias quanto contos. As histórias do *Decamerão* são notícias em um formato que os ouvintes podem acompanhar. (A regra da quarentena dos jovens era: nada de notícias de Florença!) A primeira história é um relato cômico de como lidar com um futuro cadáver; a comédia serve de amparo para a catástrofe que é familiar demais para ser compreendida.

Mas, ao longo do *Decamerão*, o tom e o conteúdo das histórias que os jovens contam uns aos outros vão mudando. Os primeiros dias são, sobretudo, de piadas e irreverência. Então, no quarto dia, temos dez histórias seguidas com a temática do amor trágico. No quinto: histórias de amantes que, após terríveis acidentes ou infortúnios, encontram a felicidade. Boccaccio escreve que, durante a peste negra, o povo de Florença parou de lamentar ou chorar pelos mortos. Após alguns dias afastados, os jovens contadores de histórias de sua obra são enfim capazes de chorar, em tese pelos contos imaginários de amor trágico, mas mais provavelmente por seus próprios sentimentos.

O paradoxo das histórias escapistas de Boccaccio é que, no fim das contas, elas levam os personagens e os leitores de volta àquilo do qual fugiram. Os primeiros contos se passam em diversas épocas e locais, enquanto os últimos são muitas vezes ambientados na Toscana, ou até mesmo especificamente em Florença. Os personagens das histórias passam por dificuldades mais contemporâneas e reconhecíveis. Um juiz florentino corrupto tem suas calças arriadas por baderneiros — todo mundo ri. Um homem simplório chamado Calandrino é enganado e injustiçado repetidas vezes — será que deveríamos rir? No décimo dia, ouvimos contos daqueles que se comportam com uma nobreza quase inimaginável diante de um mundo visivelmente cruel e injusto.

Emocionalmente seguros — é só uma história, afinal —, os personagens sentem esperança.

A série de histórias de Boccaccio, contadas sob determinada perspectiva, era em si uma antiga estrutura renovada. Em *As mil e uma noites*, a estrutura é criada a partir de Scheherazade contando histórias ao marido, o rei. Se ele se cansar, matará Scheherazade, assim como fez com as esposas anteriores. As histórias dentro da história de *Panchatantra* apresentam personagens — muitas vezes animais, por vezes pessoas — enfrentando dificuldades, dilemas e guerras. Em todos esses casos, os contos, de uma forma ou de outra, são salvadores, ainda que o entretenimento seja uma das principais maneiras pelas quais eles podem salvar uma vida. Ler histórias em tempos difíceis é um modo de compreender esses tempos, além de uma ferramenta para seguir em frente.

Os jovens do *Decamerão* não deixaram a cidade para sempre. Após duas semanas afastados, decidiram voltar. Voltaram não porque a peste fora erradicada — não havia nenhum motivo para que acreditassem nisso. Eles voltaram porque, tendo rido e chorado e imaginado novas regras para viver, foram então capazes de, enfim, enxergar o presente e pensar no futuro. As *novelle* de seus dias de ausência tornaram as *novelle* de seu mundo, ao menos por um instante, novamente vívidas. *Memento mori* — lembre-se de que é preciso morrer — é uma mensagem valiosa e necessária para tempos normais, quando podemos nos esquecer. *Memento vivere* — lembre-se de que é preciso viver — é a mensagem do *Decamerão*.

RECONHECIMENTO, DE VICTOR LAVALLE

Tradução de Simone Campos

Difícil encontrar um apartamento bom em Nova York, imagine então encontrar um bom prédio. Não, essa não é uma história de como eu comprei um prédio. Estou falando dos moradores, é claro. Encontrei um bom apartamento, em um bom prédio, em Washington Heights. Uma construção velha de seis andares na esquina da rua 180th com a avenida Fort Washington; o apartamento é de um quarto, o que para mim dá e sobra. Eu me mudei em dezembro de 2019. Talvez você já esteja vendo onde essa história vai dar. Veio o vírus e, em quatro meses, metade do prédio ficou vazio. Alguns dos meus vizinhos fugiram para alguma outra casa ou foram morar fora da cidade com os pais; outros, mais idosos, mais pobres, desapareceram no hospital a doze quarteirões de distância. Eu me mudara para um prédio apinhado e, de repente, estava morando em um deserto.

E aí eu conheci Pilar.

— Você acredita em vidas passadas?

Estávamos na portaria, esperando o elevador. Isso foi logo que começou o confinamento. Ela fez a pergunta, mas não respondi nada. O que não é a mesma coisa que dizer que não reagi. Dei meu típico sorrisinho curto e olhei para o meu pé. Não é que eu seja grossa, só tímida de dar dó. Não é uma condição que desaparece, nem mesmo durante uma pandemia. Sou uma mulher negra, e as pessoas se fazem de surpresas quando descobrem que a gente também pode não ser lá muito sociável.

— Não tem ninguém mais aqui — continuou Pilar. — Então devo estar falando com você.

Seu tom conseguiu a proeza de ser direto e, ao mesmo tempo, engraçado. Enquanto o elevador chegava, olhei na direção dela, e foi assim que vi seus sapatos. Tipo Oxford, preto e brancos, com bico; a parte branca tinha uma pintura imitando teclas de piano. Apesar do confinamento, Pilar tinha se dado ao trabalho de calçar aqueles sapatos tão bonitos. Eu voltava do supermercado com chinelos velhos e surrados.

Abri bem a porta do elevador e finalmente olhei para a cara dela.

— Pronto, aí sim — disse Pilar, como quem elogia um passarinho medroso que, por fim, vem pousar no seu dedo.

Pilar talvez tivesse uns vinte anos a mais do que eu. Eu completei quarenta no mês em que me mudei para o prédio. Minha mãe e meu pai ligaram de Pittsburgh para cantar parabéns para mim. Apesar dos acontecimentos, eles não me pediram para voltar para casa. E eu também não pedi. Quando estamos juntos, eles ficam perguntando sobre a minha vida, os meus planos, o que acaba me transformando na adolescente rabugenta que um dia já fui. Mas meu pai mandou entregar aqui uma porção de suprimentos básicos. Sua forma de demonstrar amor sempre foi essa — fazer tudo para que eu estivesse bem abastecida.

— Tentei comprar papel higiênico — disse Pilar no elevador. — Mas o pessoal anda em pânico, então não consegui nenhum. Eles acham o quê, que bunda limpa não transmite vírus?

Pilar ficou me observando; o elevador chegou ao quarto andar. Ela saiu e ficou segurando a porta aberta.

— Você não ri das minhas piadas, e nem pra me dizer o seu nome?

Aí eu dei um sorriso, porque aquilo estava virando brincadeira.

— Então é um desafio — disse ela. — A gente vai voltar a se ver. — Ela apontou para algum lugar no corredor. — Moro no número quarenta e um.

Ela soltou a porta do elevador, e eu subi até o sexto andar, guardando as minhas compras. Naquela época, eu ainda pensava que tudo logo voltaria ao normal. Agora dá até vontade de rir. Entrei no meu banheiro. Uma das coisas que meu pai me enviou foi papel higiênico, trinta e dois rolos. Retornei rapidamente ao quarto andar e deixei três rolos em frente à porta de Pilar.

Um mês depois, eu já tinha me acostumado a entrar no meu "escritório remoto", a grade de telas — nossas cabecinhas — tão parecida com o escritório de plano aberto em que previamente trabalhávamos; eu devia falar tanto com meus colegas antes quanto estava falando agora. Quando tocaram a campainha, a oportunidade de sair da frente do meu laptop me fez pular da cadeira. Talvez fosse Pilar. Coloquei mocassins com fivela; também estavam bem surrados, mas eram melhores que os chinelos que eu estava usando da última vez que nos vimos.

Mas não era ela.

Era o zelador, Andrés. Com quase sessenta anos, natural de Porto Rico, ele tinha uma tatuagem de leopardo lhe subindo pelo pescoço.

— Ainda por aqui — falou ele num tom simpático por trás de sua máscara azul.

— Aonde mais eu iria?

Ele fez que sim e deu uma bufada, um meio-termo entre um riso e uma tossida.

— A prefeitura disse que, a partir de agora, eu tenho que olhar os apartamentos um por um. Todo dia.

Ele segurava uma bolsa barulhenta feito uma sacola cheia de cobras de metal. Quando fiz menção de olhar, ele a abriu: latas de tinta spray prateada.

— Se ninguém atender a porta, preciso usar isso aqui.

Andrés deu passagem para mim. Corredor abaixo; apartamento 66. A porta verde tinha sido vandalizada com um enorme V prateado. Tinta tão fresca que ainda escorria.

— V de vírus?

As sobrancelhas de Andrés subiram e desceram:

— De vazio.

— É uma forma mais delicada de dizer, eu acho. — Ficamos calados, ele no corredor e eu no apartamento. Percebi que eu não tinha posto a minha máscara quando fui atender, e cobri a boca ao falar. — A prefeitura está te obrigando a fazer isso?

— Em alguns bairros — respondeu Andrés. — Bronx, Queens, Harlem. E aqui. Áreas complicadas. — Ele pegou uma das latas e a sacudiu. A bolinha interna fez clic-clac lá dentro. — Amanhã bato aqui de novo. — disse ele. — Se você não responder, tenho a chave.

Fiquei observando enquanto ele ia embora.

— Quantas pessoas sobraram? — gritei para ele. — No prédio?

Ele já havia chegado às escadas, começava a descer. Se me respondeu, eu não ouvi. Andei até o patamar. Havia seis apartamentos no meu andar. Cinco portas haviam sido adornadas com a letra V. Só restava mesmo eu.

Talvez você ache que na mesma hora fui correndo ao apartamento de Pilar, mas eu não podia perder o emprego. O locador não dissera nada sobre perdoar meu aluguel. Voltei para o computador e lá fiquei até o fim do dia. Senti um enorme alívio quando vi que o número 41 não estava pintado. Bati na porta até Pilar abrir para mim. Ela estava usando máscara, assim como eu, mas eu bem vi que ela estava sorrindo. Olhou do meu rosto direto para os meus pés.

— Esses sapatos já viram dias melhores — disse ela, e deu uma risada tão deliciosa que eu nem me lembrei de sentir vergonha.

Pilar e eu íamos juntas ao supermercado; duas idas por semana. Andávamos lado a lado, a um braço de distância, e quando cruzávamos com outras pessoas, ficávamos uma atrás da outra, em fila. Pilar falava o tempo inteiro, estivesse eu a seu lado ou atrás dela. Sei que há quem critique os tagarelas, mas seu falatório me caía como uma chuva depois da seca.

Ela veio da Colômbia para Nova York, após uma rápida estada em Key West, na Flórida. Ela já morava em Manhattan, entre uma ponta e outra, fazia quarenta anos. Pilar tocava piano e idolatrava Peruchín; já se apresentara com Chucho Valdés. E agora ela dava aulas para crianças em seu apartamento por 35 dólares a hora. Ou pelo menos era o que fazia, até o vírus tornar perigoso recebê-las. Que saudade deles, dizia ela toda vez que nos falávamos, enquanto quatro semanas se tornavam seis, e seis se tornavam doze. Ela se perguntava se algum dia voltaria a ver seus alunos e os pais deles.

Eu me ofereci para organizar aulas de piano à distância para ela. Usaria a conta do meu trabalho para abrir sessões de bate-papo gratuito para ela. Mas nisso já se iam três meses de quarentena, e Pilar não andava mais tão animada. Ela disse:

— Essas telas dão a impressão de que ainda estamos todos conectados. Mas não é verdade. Quem podia se mandar, se mandou. O resto? Fomos abandonados.

Ela saiu do elevador.

— Fingir para quê?

Ela me assustou. Agora eu entendo isso. Mas me convenci de que eu andava muito ocupada. Como se tivesse me transformado. No entanto, eu fugi dela. Estávamos todos à beira do desespero, de forma que quando ela falou aquilo — "Fomos abandonados. Fingir para quê?" — foi como se falasse de dentro do abismo. Um precipício para o qual eu já vivo tentando não escorregar. Então fui às compras sozinha, mal respirando enquanto o elevador cruzava o quarto andar.

Enquanto isso, Andrés continuava o seu trabalho. Eu não o via. Ele batia na porta todo dia, e eu batia de volta do meu lado. Mas eu via as provas de seu trabalho. Três apartamentos do primeiro andar marcados com o V em uma semana. Na vez seguinte em que fui ao mercado, os outros três estavam pintados.

Quatro no segundo andar.

Cinco no terceiro.

Certa tarde, eu o ouvi dar chutes numa porta no quarto andar. Gritando um nome que mal reconheci por trás da mordaça que era sua máscara. Saí de casa e desci até lá. Andrés olhava abatido para a porta do número 41. Ele a chutava desesperadamente.

— Pilar! — gritou ele de novo.

Ele se virou surpreso quando eu apareci. Seus olhos estavam vermelhos. Os dedos de sua mão direita estavam completamente prateados; pareciam ter ficado assim de vez. Eu me perguntei se algum dia ele conseguiria remover a tinta dos dedos. Mas como conseguiria, se seu trabalho nunca terminava?

— Deixei minhas chaves lá embaixo — disse ele. — Preciso ir pegar.

— Eu fico por aqui — sugeri.

Ele desceu correndo as escadas. Eu fiquei próxima à porta, sem me incomodar em bater. Se os pontapés não a acordaram, o que eu poderia fazer?

— Ele já foi?

Quase caí dura.

— Pilar! Você estava brincando com ele?

— Não — disse ela por trás da porta. — Mas eu não estava esperando por ele. Estava esperando você.

Sentei-me de modo que minha cabeça ficasse no nível da voz dela. Ouvi sua respiração laboriosa por trás da porta.

— Quanto tempo — disse ela, por fim.

Apoiei minha cabeça de lado na porta gelada:

— Me perdoa.

Ela fungou:

— Até mulheres feito a gente têm medo de mulheres feito a gente.

Eu abaixei minha máscara, como se ela estivesse atrapalhando o que eu precisava dizer de verdade. Mas, ainda assim, não consegui encontrar as palavras.

— Você acredita em vidas passadas? — perguntou ela.

— Foi a primeira coisa que você me perguntou.

— Quando te vi esperando o elevador, eu soube que já nos conhecíamos de antes. Foi um reconhecimento. Como rever uma pessoa da minha família.

O elevador chegou. Andrés saiu. Subi minha máscara e fiquei de pé. Ele destrancou a porta.

— Cuidado — disse eu. — Ela está bem aí atrás.

Mas, quando ele abriu a porta, o vestíbulo estava vazio.

Andrés a encontrou sobre a cama. Morta. Ele saiu trazendo uma sacola, com meu nome escrito. Dentro, seus sapatos Oxford preto e brancos. No pé esquerdo, um bilhete. Devolva-os quando me reencontrar.

Preciso calçar duas meias para que caibam em mim, mas ando com eles para todo lado.

UM CÉU AZUL DESSES, DE MONA AWAD

Tradução de Simone Campos

E agora, ainda por cima, é seu aniversário. Você tem andado apavorada com ele. É a mensagem de texto que você tem enviado aos amigos há dias: ando apavorada com o meu aniversário. Acrescida de um emoji desesperado. Olhos em X, boca aberta em O. Zombando de si mesma e de seu medo bobo. Mas o medo é para valer. É por isso que você veio, afinal de contas. Ao local que encontrou acessando a *dark web*. Aberto mesmo durante o confinamento. Um apartamento de cobertura no centro da cidade. Uma sala de tratamento sombria e uterina recendendo a vapor e eucalipto. Com iluminação amena. Você está nua, deitada em uma mesa aquecida. Uma mulher aperta o seu rosto usando algum tipo de extrato de placenta de cabra. Você sente os nós dos dedos dela pressionando com força as maçãs do seu rosto, drenando linfa. Estava precisando de uma drenagem, diz ela, baixo.

— Com certeza — você sussurra. — Drene bem.

A mulher não aparentava idade com aquele traje preto e o cabelo puxado em coque para trás.

Respire fundo três vezes, e pronto, disse ela. Vou fazer junto com você. Melhor eu fazer com você?

Ela besuntou as mãos com óleo essencial e as deixou suspensas acima da sua boca e nariz. Não se preocupe, disse ela, pressentindo, talvez, seu medo, sua hesitação. Nós tomamos todas as precauções. Bem, tudo bem. Vocês respiraram fundo juntas. Sentiram os pulmões enchendo e esvaziando.

Pronto, disse ela. Melhorou, não é?

Você ouvia uma fonte marulhar ao longe. Música suave feita de instrumentos não identificados. Parecia o reboar infinito de um sino sinistro. Mas lindo.

Aí ela diz:

— Agora vou acender a luz para poder avaliar a sua pele. A luz é forte, então vou cobrir os seus olhos. — Ela pressiona um disco de algodão úmido sobre cada uma de suas pálpebras fechadas. Você pensa em moedas sobre olhos de defuntos. A luz é tão forte que você a pressente sob o algodão. Vermelha incandescente. Esquenta o rosto. E os evidentes olhos dela. Perscrutando você.

— Bem — você diz, afinal, porque não aguenta mais o silêncio. — Qual o veredito?

— Você teve um ano difícil, não?

Você se imagina sozinha e apavorada em seu apartamento. Trêmula no seu sofá-ilha. O corpo pegando fogo. Respirando feito uma afogada enquanto lágrimas vertiam dos seus olhos.

— Todo mundo teve, não? — você diz, baixo.

Ela fica calada. O cheiro de eucalipto está ficando sufocante.

— Está tudo aqui, infelizmente — diz ela, por fim. Seus dedos delineiam os vincos de sua testa, as rugas marcadas entre as sobrancelhas. Os vasos em volta do nariz, os sulcos ladeando a boca. Rugas naso-labiais, o nome certo delas, você ficara sabendo. Rugas de riso que nem de risada nasceram. Ela as tateia com tanto desvelo que uma lágrima escorre dos seus olhos. Ela retira os discos de algodão das suas pálpebras e ergue um espelho à frente do seu rosto.

— As lembranças e a pele são uma coisa só — diz ela. — Boas lembranças, boa pele. Lembranças tristes...

E aí ela se interrompe. Porque o espelho já fala por si, não?

— E se tomássemos uma providência? — pergunta ela numa voz carinhosa.

E você responde:

— Qual?

E ela diz:

— Primeiro, preciso te perguntar uma coisa: o quanto você é apegada às suas lembranças?

Você se olha no espelho. As dores da vida bem gravadas na sua pele. Seus poros escancarados feito bocas berrando mudas. Só o peso do ano passado já basta para imprimir uma velhice talvez permanente.

E você diz ao seu reflexo:

— Nada apegada. Nem um pouco apegada.

Agora, aqui, você se vê na luz forte de fim de tarde de verão. O sol ainda alto no céu, esplêndido, radiante. Você pisa fora do prédio com um andar elástico. Você a saltitar: por que não? Afinal, é seu aniversário, não é? Disso você não se esqueceu. Você imagina do que terá se esquecido. Pensa na mulher esfregando aqueles discos negros lisos por todo o seu rosto — aqueles discos ligados a cabos elétricos, plugados em uma máquina com botões giratórios. Ela os girou feito controles de volume, e você sentiu fundo o gosto de metal nos dentes. Agora é até engraçado pensar em como você gritou ao sentir a eletricidade crepitar dentro do seu crânio.

A loja na portaria do prédio está fechada. Mais que fechada; a vitrine da frente estilhaçada como se alguém tivesse jogado um tijolo nela. No interior, uma manequim branca e careca posa nua, em pé. Uma bolsa cintilante de cisne pende de seu pulso como se ela estivesse prestes a sair para uma festa usando absolutamente nada. Ela te encara com olhos faiscantes. Lábios vermelhos num meio-sorriso. Trevas invadem o seu estômago. Terror se propaga pelos seus membros. Mas então você se vê refletida na vitrine partida. Luminosa. Exaltada. Erradicada. É essa a palavra que vem mais forte à mente: "erradicada". O que é estranho. "Erradicar" não quer dizer destruir? Seu rosto é o oposto de destruído. E daí se você está usando um saco preto horroroso? Seu rosto tem toda a leveza e vida do mundo. Acrescentar ainda mais cor seria até demais. Um tapa na cara de alguma outra pessoa.

* * *

No táxi para casa, você sorri para si mesma no vidro da janela, no retrovisor, e para o taxista, ainda que ele não corresponda.

— Dia agitado hoje? — você pergunta.

— Não — diz ele, como se você fosse louca. Está te olhando feio? Ele usa um cachecol amarrado em cima da boca e do nariz, então fica difícil ter certeza. Talvez esteja doente? Com o quê, você se pergunta. Melhoras para esse pobre homem, você pensa. Você tenta comunicar os bons votos com sua expressão facial. Ele só faz olhar de volta com frieza até você desviar a vista, para fora da janela. A cidade parece surpreendentemente vazia e imunda. No seu colo, o celular vibra. Uma mensagem de texto de alguém chamado Senhor das Trevas.

Tudo bem, diz ele, eu vou me encontrar com você.

É seu niver, afinal.

No parque às seis. Banco perto dos cisnes.

Você sobe a tela para ver mensagens anteriores. Preciso te ver, você parece ter dito para o Senhor das Trevas há duas horas apenas. Por favor. Você suplicou três vezes. Interessante.

Bem, será que ele pode ser tão horrível assim se você queria vê-lo? Precisava vê-lo, sem falta? E ele te conhece bem o bastante para saber que é o seu aniversário, então...

Por que não vamos a um bar de vinhos?, você propõe por escrito.

Bar de vinhos?!, replica ele. Até parece. Te vejo no parque.

Um encontro com o Senhor das Trevas. Assustador, mas empolgante também, não é? Você contempla o seu rosto na divisória entre o motorista e o passageiro. Sente-se mais calma imediatamente. Visualiza o sol aparecendo de trás de uma maçaroca de nuvens escuras. Você está banhada daquela maravilhosa luz que emana da mente, gloriosa e ofuscante.

Junto ao parque, você tenta pagar ao motorista em dinheiro, mas ele faz que não violentamente. Ele não quer merda de cédula nenhuma. Pagamento só em cartão, faz favor. Parada ali, observando-o cantar pneu pela rua vazia, você percebe que as calçadas estão desertas. No parque, a grama parece ter crescido mais revolta, desalinhada, desde que você pisou ali da última vez. Há um casal caminhando rápido pela trilha que circunda o lago, as cabeças inclinadas bem para baixo.

Você vê um homem com casaco de capuz preto sentado sozinho em um banco do parque junto aos cisnes. O Senhor das Trevas, tem que ser ele. Claro, você tem medo. Mas o que mais sente é empolgação. Uma aventura! É o que cairia bem agora. Conforme vai vencendo saltitante o trajeto de cascalho, você passa pelo casal. Fica aliviada ao vê-los assim de perto — pessoas! Mas, conforme se aproxima, prestes a dizer, Oi! Tá tão vazio hoje, né? Bem, pelo menos o parque é só nosso, hahahaha!, eles saem da trilha e entram pela grama revolta; dão uma volta completa em um salgueiro chorão só para te evitar. E enquanto fazem isso, te olham feio. Você está prestes a dizer, Por que caralhos...? quando ouve seu nome.

Você olha na direção dele. É Ben, seu ex-marido. Sentado ali bem na pontinha do banco, te olhando macambúzio. Está com um frasco de bebida na mão. Ele está muito acabado. Inchado e esquelético ao mesmo tempo.

— Ben? — diz você. — É você mesmo? — É claro que é ele. É que você não consegue crer que o Senhor das Trevas é o Ben. Deve ter sido alguma piadinha pessoal com a qual você se divertiu uma noite dessas. Você bebeu e ficou inventando nomes engraçadinhos para os seus contatos. Muito engraçado. Quando foi a última vez que o viu? Você vasculha sua cabeça, mas não encontra coisa alguma. Uma sólida muralha.

— Julia — diz ele. — Bom te ver.

Mas nada nele parece bom. Ele olha para você franzindo a testa. O que é estranho, já que você está belíssima. Não podia ter escolhido melhor dia para rever seu ex, francamente.

— Bom te ver também — você diz a Ben. Ele não sorri.

— Escolhi esse banco porque era o mais comprido — diz ele. — Pra sentarmos um em cada ponta. — Ben faz um gesto ao comprido do banco. Você percebe que ele deixou uma garrafa de vinho de tampa de rosca e uma pequena caixa branca na outra ponta. — Pelo seu aniversário — diz ele. — Parabéns.

— Obrigada — diz você, e imediatamente se lembra de como Ben era esquisito. Ainda é, pelo jeito.

— Não se preocupe — diz ele. — Eu higienizei a garrafa. O banco também. — Ele sorri, com cautela. Você percebe uma máscara facial dependurada no pescoço dele. É de tecido com estampa floral. Parece até que ele mesmo a fabricou com uma máquina de costura e pano rasgado de uma toalha de mesa. Possivelmente uma velha toalha de mesa sua.

Olhar para a máscara invoca alguma sensação — uma friagem —, mas ela logo se dissipa. Então a germofobia dele está piorando. As pessoas vão ficando cada vez mais esquisitas com a idade. Que tristeza. Isso faz com que você sinta certa ternura por ele.

Você se senta no banco com Ben. Toma um gole do vinho e abre a caixa branca. Há um cupcake Hostess lá dentro, em que ele lhe garante que ninguém encostou. Ótimo, você diz. Sorri e aguarda ele ficar destruído com tanta beleza. Mas ele não para de olhar para os lados como se tivesse medo.

— Olha, eu não posso mesmo ficar muito — diz ele.

— Tudo bem. — Tudo bem mesmo, você percebe. Completamente bem. É um tanto emancipador perceber isso. Você dá uma mordida no cupcake. Ben visivelmente relaxa. A tal ponto que você sente como se tivesse concordado com alguma coisa horrível.

Você sorri para ele.

— Qual o porquê desse encontro?

Ele olha para você seríssimo.

— Você que me convidou, não lembra?

Preciso te ver. Por favor.

— Ah, sim. Bem. Achei que seria bom botar o papo em dia. — Com certeza. Parece algo que você diria.

Ben te olha como se você fosse doida. Dá um longo suspiro.

— Olha, Julia, sabe que eu gosto de você.

— Eu também gosto de você, Ben. — É bom corresponder ao que ele diz. Soa sincero.

— Mas precisamos colocar limites — acrescenta ele, rapidamente. Ele olha para você significativamente da outra ponta do banco.

— Com certeza — você concorda. — Limites são ótimos. — De que diabos ele está falando?

— Estou namorando, você sabe disso.

Ele precisa cortar o cabelo, você percebe nesse momento. Está com o cabelo comprido e revolto feito a grama.

— Claro. — Você assente com a cabeça. — Parabéns.

Ele parece abismado:

— É só o que você tem a dizer?

Os olhos dele, de repente, lhe parecem estranhos. Eles já não foram azuis? Agora são de um cinza aguado, a parte branca cheia de veias rubras.

— O que você quer que eu diga?

— Olha, Julia, o que aconteceu naquela noite foi uma puta sacanagem, tá? Foi uma sacanagem também da minha parte, admito. Mas quando você me liga naquele estado, toda chorosa, o que que eu posso fazer, porra? Quer dizer, eu tinha escolha?

Você vasculha sua memória em busca daquela noite. Nenhuma noite se apresenta, em lugar nenhum dela. Você tenta se imaginar ligando para Ben. Lágrimas manando dos seus olhos enquanto disca. À sua volta, só o céu azul, do tom mais perfeito que existe.

— Eu só fui te levar umas compras — diz ele. — Te falei que era só o que eu ia fazer, te levar umas compras. Eu faria o mesmo por qualquer amigo doente.

Ele diz a palavra como uma bofetada.

— Doente? — A palavra parece tão inadequada para você, para como você se sente agora. Apesar de Ben. Olha só ele, tentando te atingir daquele jeito. Doente é ele. Mais parece ter uns mil anos de idade.

— Eu ia só deixar o pacote na sua porta e ir embora — diz Ben com tristeza. — Mas aí teve aquele barulho. — Agora ele está de olhos fechados. O rosto tão atormentado que chega a ser ridículo.

— Que barulho? — Você pensa naquele sino sinistro, porém lindo, da sala de tratamento. O reboar interminável preenchendo sua mente até agora.

— Você — responde Ben. — Chorando. Soluçando. Uivando atrás da porta. Completamente sozinha. Implorando desesperadamente para eu entrar.

Você o vê balançar a cabeça.

— Até agora aquilo me assombra, para falar a verdade — diz Ben, olhando para você. Esperando, parece, que você fique arrasada. Envergonhada por seu aparente desespero daquela noite. A noite em que sua dor fez o som que ele nunca vai esquecer e ao qual, parece, não conseguiu resistir. E é aí que você entende que você e Ben devem ter trepado. Com toda a certeza, você trepou com o Senhor das Trevas. Talvez seja por isso que ele seja o Senhor das Trevas.

— Nós fomos inconsequentes — brada Ben. — Eu fui um inconsequente.

E a voz dele é feito um tijolo. Tentando te estilhaçar como se você fosse fácil de quebrar. Talvez já tenha sido. Você olha para aquilo como se observasse uma ocorrência triste muito, mas muito de longe. Mas agora você já não se quebra fácil. Mesmo com o frio se instilando, você está com a boca vermelha da manequim — sente seus lábios se arquearem nesse instante no leve sorriso dela. Você olha para Ben com os olhos cintilando. Ben desvia o olhar para os cisnes.

— Deve ser só rinite, graças a Deus — diz ele. — Você sempre tem rinite essa época do ano, e sempre esquece e pensa que é algo muito pior. Você sempre pensa que vai morrer, Julia. Até antes. Antes disso tudo. — E aqui ele abana a mão indicando o mundo. Os cisnes, o céu, os salgueiros e o parque malcuidado, um grupo de gente passando, todos mascarados, você percebe agora, máscaras caseiras como a de Ben ou echarpes e cachecóis como os do taxista. Eles param de andar e se viram para você. Olhando fixamente para seu rosto reluzente e descoberto. Porque seja lá o que estiver acontecendo no mundo, você esqueceu. Foi erradicado. Removido pela mulher de traje preto.

De repente, você tem vontade de pegar na mão de Ben e comprimi-la junto do seu rosto. A mão dele era áspera em certos lugares, macia em outros, e permanecia sempre seca e quentinha enquanto junto da sua. Agora você se lembra disso. Você estende a mão vencendo a longa distância do banco. O rosto de Ben se retrai. Ele olha para a sua mão como se fosse uma cobra antes de murmurar que precisa ir embora. Você lhe dá um tchauzinho enquanto ele se levanta, e aproveita para cumprimentar também as pessoas te encarando, pois, afinal, por que não, já está com a mão estendida mesmo. Elas te olham horrorizadas. Que tragédia. O que há a se temer em um dia como esse? Sob um céu azul desses? Um dia tão bonito. O seu aniversário.

A CAMINHADA, DE KAMILA SHAMSIE

Tradução de Simone Campos

Azra abriu o portão e pisou na rua. Tem certeza?, perguntou sua mãe do jardim, onde andava em círculos, um círculo a cada quarenta e cinco segundos.

Todo mundo está fazendo isso, até mulheres sozinhas, disse Azra, mas deixou o portão aberto e ficou parada lá fora, apertando contra o corpo a bolsa, que estava vazia exceto pelo telefone celular que simultaneamente lhe dava sensação de mais segurança e de ser um alvo. Cinco minutos!, bradou Zohra, andando na direção de Azra em seu habitual passo apertado. Sem dúvida, dava para ouvir a voz dela por um bom pedaço da rua. Tinha levado cinco minutos para vir andando até você. Menos.

Parecia um tempo improvável, dado que demorava quase a mesma coisa para se ir de carro de uma casa à outra, mas Zohra insistiu que era verdade: era o trânsito, as ruas de mão única. Azra fechou o portão e ouviu sua mãe interromper suas voltas no jardim para ir até a entrada da garagem e passar o ferrolho no portão por dentro. Lave as mãos, disse Azra pela fresta estreita entre o portão e a parede, e a mãe respondeu, sim, sim, Dona Paranoica.

Elas partem, Zohra um passo à frente e um metro para o lado. Não havia calçadas, de modo que estavam andando pela pista, mas mesmo em tempos normais não havia muito tráfego na rua residencial. Poucas casas depois, uma mulher em uma varanda ergueu a mão saudando as duas. Aquela mulher morava ali desde que a casa fora construída, há quase vinte e cinco anos, pouco depois de Azra ter voltado para casa após a universidade. Azra ergueu a mão em resposta. Primeira interação.

Início de abril e o inverno já não passava de uma lembrança em Karachi. Azra repuxou seu *kameez*, que colava na pele com a umidade. Zohra tinha se vestido como de costume para suas caminhadas no parque — calças de ioga e camiseta. Fazia mais de três semanas desde que tinham caminhado pelo parque da última vez, ainda que Zohra continuasse pegando o carro e indo até lá todo dia para alimentar os gatos do lugar; o segurança, também afeiçoado aos animais, abria o portão para ela.

Havia um único tópico a se conversar, mas muitos subconjuntos nele. Elas intercalavam-se entre o cotidiano e o apocalíptico enquanto percorriam a vasta e reta avenida principal e seu silêncio lúgubre, até o cheiro do mar as deixar sem palavras. Ele cintilou à distância por algum tempo até, de repente, estarem na frente dele, a areia se espraiando, cor de camelo, imaculada, indo parar na água cinza azulado. As carrocinhas de comida, os *buggies* para andar nas dunas, os vendedores de pipa, os casais sentados juntos na mureta junto ao mar, os carros lotados de famílias buscando o único lugar onde a rispidez urbana de Karachi se suavizava: não havia nada ali. Dois policiais, de máscara, a cavalo, trotaram na direção delas.

Os policiais mandaram-nas sair da praia. Elas voltaram para casa por outro caminho, ziguezagueando por ruas mais estreitas ladeadas de árvores, parando para debater a arquitetura de casas que antes jamais haviam pensado em notar, ainda que tivessem morado a vida inteira nesses poucos quilômetros quadrados de sua megacidade. Meio por acidente, elas se viram em uma rua cheia de transeuntes, muitos dos quais elas conheciam. Todos davam tchauzinho, todos estavam deliciados em rever uns aos outros, e faziam todo um teatro de manterem a distância segura, mesmo quando não mantinham. Pré-adolescentes de bicicleta passavam à toda, desacompanhados de adultos. Era o mais próximo de uma festa de bairro que o bairro já tivera. Azra gritou um cumprimento a uma velha amiga de escola, sem se preocupar com o timbre de sua voz, com a atenção que poderia atrair para si. Sua bolsa balouçava solta a seu lado, desguardada. Naquele momento, o mundo parecia um lugar melhor do que jamais fora — generoso e seguro.

Quando tudo isso acabar, talvez a gente possa vir caminhar aqui às vezes, em vez de ficar sempre dando voltas naquela pista do parque, disse Zohra. Talvez, disse Azra.

HISTÓRIAS DO RIO LOS ANGELES, DE COLM TÓIBÍN

Tradução de Simone Campos

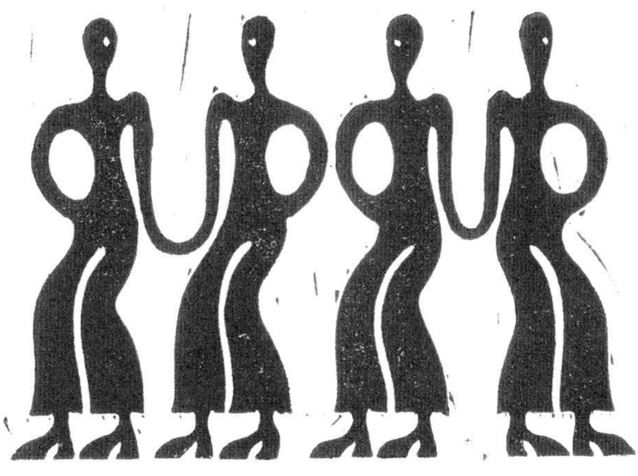

Eu tive um diário durante o isolamento. Comecei anotando a data do início do meu confinamento — 11 de março de 2020 — e o local, Highland Park, Los Angeles. No primeiro dia, copiei o cartaz pregado em um trailer de acampamento que vira naquela manhã: "Sorria. Você está sendo filmado."

Depois desse primeiro registro, não consegui pensar em mais nada. Nada digno de nota aconteceu depois disso.

Quisera eu poder dizer que toda manhã eu despertava e ia escrever um capítulo novo, mas eu me demorava na cama. Mais tarde, conforme o dia ia passando, me ocupava em lastimar o gosto musical do meu namorado, ainda mais agravado pelos novos alto-falantes que H. havia comprado, que emitiam claramente aquilo que antes emitiam vagamente.

A humanidade está dividida naqueles que começaram a ouvir Bach e Beethoven no fim da adolescência e aqueles que não o fizeram. H. não o fez; ele tinha uma enorme coleção de vinis, quase nenhum de música clássica, e muito pouco de que eu gostasse.

E H. e eu não tínhamos nenhuma leitura em comum. A língua principal dele era o francês, e tinha uma mente especulativa. Então, em um cômodo, ele se ocupava de Jacques e Gilles enquanto, em outro, eu lia Jane e Emily.

Ele lia Harry Dodge; eu, David Lodge.

Havia um certo autor que morava em uma cidade pequena do Meio-Oeste americano. Eu devorara seus dois livros e gostava de como ele se expunha emocionalmente em sua ficção. Embora eu nunca o tivesse visto pessoalmente, torcia muito pela sua felicidade. Fiquei encantado ao descobrir na internet que esse escritor tinha um namorado e ao encontrar algumas postagens suas sobre sua vida doméstica feliz a dois. H., por sua vez, já o havia conhecido pessoalmente, e ele também estava feliz por esse escritor ter se juntado com alguém que amava.

Logo começamos a acompanhar as postagens do escritor. O namorado dele o esperava com flores quando ele voltava para casa. Vimos uma foto das flores.

E o romancista assava biscoitos, ou pelo menos era o que sua postagem dizia, e ele e o namorado todas as noites assistiam a filmes que eram como uma revelação para eles.

Para todos nós, existem pessoas-fantasma, lugares-fantasma, ocasiões-fantasma. Às vezes, eles tomam mais espaço do que a palidez dos acontecimentos reais.

Essa palidez me faz estremecer, mas as fantasmagorias me fazem imaginar.

Eu adorava ficar pensando no romancista-fantasma e em seu namorado.

E eu tentava imaginar uma narrativa de felicidade doméstica, de divisão de espaço e música e romances e filmes, postando na internet sobre o nosso amor.

Mas não importa o quanto eu sonhasse, de noite nunca conseguíamos concordar sobre a qual filme íamos assistir. Quando decidimos, na Semana 1, ver filmes passados em Los Angeles, dois deles foram *Cidade dos sonhos* e *Dublê de corpo,* o primeiro lento demais para mim e o segundo retoricamente sinistro demais. H. não só adorou ambos os filmes como, enquanto conhecedor de cinema, queria debater como as imagens de um podiam vazar para o outro, sobre quantas referências ocultas e gestos secretos um filme podia conter.

Eu sempre fui ao cinema só para me divertir. A hora antes de dormir foi tensa, com H. me seguindo pela casa com suas crônicas sobre o verdadeiro significado daqueles filmes.

Era isso que eu mais amava nele: ele era tão honestamente empolgado com cinema, pelas ideias e imagens geradas na tela, tão ávido por manter a seriedade da conversa.

Mas, nas noites ruins, eu não conseguia me segurar. Eu só conseguia reagir de um jeito: "Esse filme não presta! É um insulto à minha inteligência!" em reação a suas citações detalhadas e pertinentes de Godard e Godot e Guy Debord.

Repassei os nomes dos grandes casais gays históricos — Benjamin Britten e Peter Pears, Gertrude Stein e Alice B. Toklas, Christopher Isherwood e Don Bachardy. Por que eles estavam sempre cozinhando juntos, ou um desenhando o outro, ou um compondo canções para o outro cantar?

Por que só nós éramos como nós?

Talvez esta tivesse sido uma boa hora para eu e H. começarmos a nos comportar feito dois adultos, para variar, e por fim começarmos alegremente a um ler os livros preferidos do outro.

Mas, em vez disso, nós líamos ainda mais os nossos favoritos. Em matéria de cultura, ele era feito Jack Sprat, que não queria carne gorda no prato, e eu a sua esposa, que só queria carne gordurosa...

O que eu gosto mesmo é quando algo que levo a sério é ridicularizado por alguém, ou quando algo que acho ridículo é levado a sério por todos os demais.

Quando começou o confinamento, eu pensava que o rio Los Angeles e todos os seus afluentes eram cômicos. Logo eu descobriria a verdade. E quando a coisa toda de distanciamento social estava quase chegando ao fim, eu torcia para nunca mais ouvir nem mais uma nota, se nota fosse a palavra certa, de uma música chamada "Little Raver", do Superpitcher, adorada por H. e tocada por ele a todo volume.

Não sei dirigir e não sei cozinhar. Não sei dançar. Não sei escanear um documento nem mandar uma foto por e-mail. Nunca usei um aspirador de pó por vontade própria nem fiz uma cama porque quis.

É difícil justificar tudo isso para alguém cuja casa você habita. Dei a entender que todos os meus insucessos eram fruto de uma infância traumática, e, quando isso não deu certo, sugeri, sem qualquer prova, que ser desorganizado era qualidade de grandes pensadores, gente com ímpeto de mudar o mundo. Marx era desorganizado; Henry James, um relapso; não existem provas de que James Joyce jamais tenha feito a própria faxina; Rosa Luxemburgo era a maior bagunceira, e não vamos nem falar no Trotsky.

Eu juro que tentava andar na linha. Todo dia, por exemplo, eu esvaziava a lava-louças. E algumas vezes ao dia, eu fazia café para H.

Um dia, no entanto, quando H. disse que estava na hora de passar um aspirador na casa, respondi que seria melhor guardar essa tarefa para quando eu estivesse fora dando palestras ou alguma aula.

— Leia os jornais — disse H. — "Fora" virou coisa do passado.

Por um momento aquilo soou como uma acusação, e em seguida, porque H. me fitava como um gaulês, acabou soando como ameaça.

Logo o aspirador tonitroava pela casa inteira.

Eu adorava os dias em que não tínhamos nada para fazer, com vários dias idênticos pela frente, e éramos feito um casal de idosos que haviam se tornado sábios e pacíficos, um terminando a frase do outro. Nosso único problema era que não conseguíamos concordar muito em nada.

Estávamos felizes durante o confinamento, mais felizes do que vínhamos sendo há tempos. Mas eu ansiava por um contentamento mútuo e espontâneo como o do romancista com seu namorado e os de outros casais gays.

Achei um canto bom para ler no jardim. Era comum que eu ficasse lá enquanto a música estivesse tocando aos berros lá dentro. Era house, talvez pudesse chamar assim; mas além disso, era música alta.

Um dia, quando entrei em casa, flagrei H. erguendo a agulha de um disco. Estava fazendo isso, dizia ele, porque não queria me irritar com a música. Fiquei muito arrependido e tentei fingir que aquela música, na verdade, não me incomodava nem um pouco.

— Por que você não coloca de novo? — perguntei.

Por um segundo, ou dois, achei a música empolgante. Meu adolescente interior despertou por um momento. A música era do Kraftwerk. Parei e fiquei escutando. Sorri com aprovação para H. Eu estava quase gostando da música, até cometer o erro de tentar dançar com ela.

A única coisa que sei sobre dança aprendi com o filme *Os embalos de sábado à noite*, que fui obrigado a assistir em 1978 quando estava incumbido de um grupo de estudantes espanhóis em Dublin. Eu detestei o filme, e odiei-o ainda mais quando um colega, um criptosemiólogo, explicou seu mecanismo interno para mim num inglês arrastado.

Porém, tudo o que eu sabia sobre dança vinha daquele filme. Com o passar dos anos, eu tinha ido a discotecas de verdade, mas estava mais interessado nos quartinhos dos fundos, nos olhares sub-reptícios e no álcool explícito do que na corte da dança.

Ainda assim, eu tentei, com H. me olhando. Mexi os pés no ritmo da música e balancei os braços.

H. tentou não fazer uma careta.

Silenciosamente, me arrastando feito um miserável, me retirei dali. Eu me senti como o Mr. Jones da música: "Tem alguma coisa acontecendo aqui, mas você não sabe o que é, não é, sr. Jones?"

Agora eu entendia que, em vez de ser eu debochando do Kraftwerk, conforme eu fazia até aquele momento, era o Kraftwerk que estava debochando de mim.

— Você não é descolado o bastante para nos ouvir — dizia o Kraftwerk num sussurro.

No jardim, numa rede dependurada em uma romãzeira, me afundei na leitura de Henry James.

Encomendamos bicicletas pela internet. Eu sonhava em deslizarmos a dois pelas ruas do subúrbio, passando pelos bangalôs assustadiços, pelo pessoal encolhido lá dentro, pulando de canal em canal, torcendo por uma redenção e lavando as mãos fervorosamente.

Pela janela, as pessoas poderiam, imaginava eu, nos ver deslizando felizes sobre duas rodas, feito a capa de algum vinil esquecido.

As bicicletas haviam chegado alguns dias antes do previsto. O único problema era que precisavam ser montadas.

Quando vi H. começar a estudar o manual, tentei sair de fininho. Quando ele deixou claro que ia precisar da minha presença para empreender a tarefa mastodôntica, eu insisti que precisava mandar uns e-mails com urgência. Mas de nada adiantou. Ele fez questão de que eu ficasse ali de pé com expressão preocupada enquanto ele suava e xingava deitado no chão, perguntando, meu Deus, por que os fabricantes tinham mandado os parafusos com porca errados, e menos do que o suficiente dos parafusos comuns.

Eu imaginei o romancista da internet, aquele, o feliz, dividindo aquela tarefa com seu namorado, ambos encontrando em uníssono os parafusos corretos e percebendo, como eu percebi, mas H. não, que os rebites finos de metal que H. dizia terem sido incluídos por engano, na verdade, serviam para estabilizar as rodas da frente. Pensei em Benjamin Britten, Gertrude Stein, Christopher Isherwood e em seus cônjuges. Eles saberiam como demonstrar interesse e participação.

Como H. estava com muita raiva, não só das bicicletas e da fábrica que as fizera, mas também de mim, autor daquela ideia infeliz, eu resolvi que era melhor invocar uma versão minha que, da última vez que eu usara, estava na escola e não sabia por que x era igual a y.

Fiz cara de burro, mas também de triste e humilde, e de ligeiramente calmo, mas profundamente engajado.

Logo, depois de muito choro e ranger de dentes, as bicicletas funcionaram, e, de capacete e máscara, nós partimos, descendo uma ladeira com júbilo e alegria e comedido abandono, feito dois homens num anúncio de sabonete chique.

Fazia anos que eu não pegava em uma bicicleta. Alguma coisa se passou no meu espírito amarrotado conforme eu permitia à máquina deslizar da Adelante à belamente intitulada rua Easy e entrava na York e depois na Marmion e, por fim, no parque Arroyo Seco. Quando não estávamos descendo ladeira, estávamos no plano. Não havia tráfego, somente alguns pedestres desnorteados pelas calçadas, de máscara.

Eu não sabia que um afluente do rio Los Angeles cortava o parque nem que possuía uma ciclovia em uma das suas margens. Era difícil usar palavras normais para se referir a esse chamado rio. O nome é Arroyo Seco, que significa "riacho seco", e de fato é seco, ou seco o suficiente, e não tem margens de verdade, já que não é um rio de verdade.

Los Angeles vai ficar linda quando a terminarem.

Apesar de ter chovido há pouco, essa vala cercada prestes a se unir ao rio de nome pomposo ainda não continha água. O rio Los Angeles e seu pequeno afluente sentiam dor, eu sempre acreditara, e clamavam por clemência.

Mas agora, enquanto eu adentrava a via devagar com minha bicicleta, eu sentia como se tivesse encontrado algum elemento da cidade que antes se ocultara de mim. Ali, carro não entrava. Nenhuma imagem daquele estranho e triste espetáculo jamais seria exibida ao mundo. Não existiria um "Venha para L.A.! Passeie de bicicleta junto ao rio!". Ninguém em sã consciência viria aqui.

Mas era quase bonito. Eu não devia ter rido do rio Los Angeles.

Enquanto eu ponderava esses profundos e libertadores pensamentos, H. passou por mim à toda. Quando olhei para trás, vi o romancista e seu cônjuge, os felizes, os da internet, na forma de fantasmas, seguidos por todos os casais homossexuais felizes da história, pedalando o melhor que podiam. Mudei de marcha e ultrapassei-os, indo atrás de H., fazendo o melhor possível para alcançá-lo.

ANOTAÇÕES CLÍNICAS, DE LIZ MOORE*

Tradução de Simone Campos

12 de março de 2020

Fato: O bebê está com febre.

Prova: Dois termômetros indicam uma sucessão de temperaturas preocupantes. 39,9°C. 40,1°C. 40,4°C.

Prova: O bebê está quente. As bochechas do bebê estão vermelhas. O bebê está tremendo. O bebê, quando mama, não está mamando direito: boca se mexendo descoordenada, lábios frouxos, mãos e braços inertes. O bebê, em vez de chorar, está miando.

Fato: Febre em bebê é comum.

Prova: Ambos os bebês na residência têm tido febres regularmente desde que os ditos bebês passaram a residir nesse domicílio. Três anos e nove meses é o período de tempo em que bebês vêm residindo nesse domicílio.

Hipótese: A criança de 3,75 anos está sem febre.

Prova: A testa da criança de 3,75 anos está fria.

Metodologia: A mãe da criança de 3,75 anos entra pé ante pé no quarto dela, respiração em suspenso, evitando certas tábuas do piso, baixando os lábios até encostarem na pele, sendo os lábios os melhores medidores de febre presentes no corpo humano.

Pergunta: Qual leitura de termômetro torna imprescindível a visita à emergência pediátrica?

Processo de pesquisa: Os pais do bebê realizam diversas buscas na internet empregando as seguintes expressões:
Febre pediatria pronto-socorro
Febre 40,4°C PS

Resposta: A internet oferece dois conselhos contraditórios.

A. Ir agora
B. Dar Tylenol; ligar para o médico

Reação: Os pais do bebê se entreolham em silêncio por seis segundos, ponderando alguns fatos a mais.

Fato: Existe uma nova doença no mundo.

Fato: Ela contaminou a espécie humana.

Fato: O pai do bebê foi notificado, ontem, de que três de seus colegas de trabalho contraíram essa doença.

<u>Admissão</u>: O timing não parece bom.

<u>Refutação</u>: Bebês têm febre. É comum bebês terem febre. O bebê não tem outros sintomas além da febre. A maior parte das febres em bebês não são provocadas por vírus que há pouco contaminaram seres humanos. Os outros três membros da família do bebê não demonstram, até agora, nenhum sintoma.

<u>Incógnitas</u>: Infecciosidade do vírus. Evolução da doença. Tempo desde a exposição até a manifestação dos sintomas. Expressão típica da doença em adultos e crianças. Efeitos de curto e longo prazo para ambos. Percurso típico da doença. Letalidade.

<u>Declaração:</u> "Há muito que a gente não sabe", diz a mãe do bebê.

<u>Ponderações:</u> São 1h45 da manhã. A irmã do bebê está dormindo. Um dos pais teria que levar sozinho o bebê de carro ao hospital pediátrico. O outro teria...

<u>Interrupção:</u> O bebê vomita. O vômito é casual e pacífico. Uma abertura entediada da boca. Mera expulsão de conteúdo estomacal. Após vomitar, o bebê amolece. O bebê adormece.

<u>Ponderações (cont.):</u> ... que ficar aqui para cuidar da irmã do bebê.

<u>Outras considerações:</u> Será um risco maior levar este bebê a um ambiente hospitalar do que monitorá-lo em casa? Se o que o bebê tiver não for a nova doença, será que o bebê ou seu responsável poderia vir a contrair a nova doença do ambiente hospitalar?

<u>Decisão:</u> Os pais do bebê se decidem pela Opção B. Administra-se Tylenol infantil. Às 1h50 da manhã, liga-se para a médica.

<u>Correção</u>: Não é a médica. É a secretária eletrônica. A médica vai ligar quando possível.

<u>Interlúdio</u>: Os pais limpam o chão. Diminuem as luzes da sala de estar. O pai se deita no sofá, bebê sobre o peito. O pai sente a quentura do corpo do bebê, uma quentura improvável, como a de uma chaleira, a de um motor. Calor derivado de trabalho, de energia consumida, o trabalho de um corpinho jovem em guerra aberta. O pai se lembra dos primeiros dias do bebê, se lembra das pálpebras inchadas que tanto se esforçavam para abrir e para fechar, os dedos se mexendo como se embaixo d'água, ponderando que os corpos dos recém-nascidos são como escudos, o torso é um triângulo invertido, os membros pouco substanciais. O pensamento o tranquiliza. Eles são projetados para sobreviverem, diz o pai para si mesmo — uma afirmação. O bebê já está com dez meses de idade. O bebê cresceu. Seu corpo roliço, seu peso, sobre o peito do pai, tanto conforta como alarma,

relembrando-o do tanto que se investiu no corpo deste bebê (216 litros de leite materno, 722 framboesas, 14,2 litros de iogurte, 120 bananas, 84 pedacinhos de queijo, 15 pacotes de pequenos artigos alimentícios que parecem de vento chamados "pingos de iogurte", dos quais esse bebê é grande fã, uma provinha de bolo que a irmã do bebê lhe passou furtivamente), e além do que foi fisicamente investido no corpo deste bebê, existe também o fato de que o amam. Por sua risada. Pelo arco de sua boca, pelos três dentes que já brotaram no bebê, pelo jeito como ele aprendeu semana passada a dar beijos, o jeito como o beijo é plantado, de boca aberta, na bochecha do destinatário — e a mão do bebê, que o pai está segurando agora, com a qual o bebê há pouco aprendeu a dar tchau. Sobre o peito do pai, agora todas as partes do bebê estão serenas. Todas as partes do pai estão serenas. A mãe está em uma cadeira, sentada, observando-os. Observando seu celular. Esperando a médica ligar. Três vezes ela confere para ter certeza de que o celular não está no silencioso.

<u>Observação</u>: Passa-se uma hora. A casa está tranquila. Talvez, pensa a mãe do bebê, tudo acabe ficando...

> <u>Interrupção:</u> O bebê vomita. No peito do pai. No sofá. No tapete. O bebê ergue a cabeça para observar o seu feito. Volta a abaixá-la bem na poça do líquido que saiu de seu corpo. Volta a dormir.

Pausa.

Ordem: "Pega ele", diz baixo o pai do bebê. "Pega ele."

Resultado: A mãe do bebê pega o bebê. Ela o limpa. O pai do bebê limpa sua camisa, o sofá, o tapete, seu cabelo. Volta a pegar o bebê.

Pergunta: "Que horas são?" quer saber o pai do bebê.

Resposta: São 3h02 da manhã.

Pergunta: "E cadê dessa médica ligar?" quer saber o pai do bebê.

Decisão: A mãe, que fornece o leite, levará o bebê ao hospital. O pai segura o bebê, recém-trocado, adormecido, ainda cheirando a bile. A mãe arruma uma bolsa.

Lista: Na bolsa entram seis fraldas, um pacote de lenços, duas mudas de roupa, duas toalhinhas de ombro — "leve mais", diz o pai, pensando no vômito — uma bomba de amamentação manual, duas garrafas de leite coletado — para o caso de separação — uma bolsa de gelo, uma bolsinha térmica, água para a mãe, um mix de cereais para a mãe, um carregador de celular para o celular da mãe. O celular da mãe. A carteira dela. As chaves dela, que antes caem no chão com estrépito.

Interrupção: O bebê ri.

Pergunta: "Isso foi ele rindo?" pergunta a mãe.

Resposta: Foi, sim. O bebê ergueu a cabeça. Agora faz gestos, abrindo as mãos, para as chaves no chão. Eu quero. O bebê sorri.

Observação: O olhar do bebê está alerta. A cor do bebê está melhor. O bebê está olhando para tudo a seu redor, fazendo barulhos com a boca. "Ah uau, ah uau, ah uau", cantarola o bebê, com expressão admirada. Suas primeiras palavras, que aprendeu faz pouco tempo.

Dedução: "Ele está melhor", diz a mãe. "Vamos tirar a temperatura dele de novo", diz o pai.

Resultado: 38,4°C.

Sugestão: "Talvez", diz o pai, "a gente possa..."

Interrupção: Toca o telefone. A médica.

Conselho: "Ela diz que podemos esperar até de manhã", diz a mãe.

Observação: O bebê está esfregando os olhos. O bebê parece cansado.

Decisão: Os pais do bebê tiram sua fralda. Vestem-no com um saquinho de dormir, debruado em rosa, herdado da irmã. O robe dele, como chama sua mãe, lembrando-se da avó dela, lembrando-se das balas que a avó dela guardava nos bolsos do próprio robe, lembrando-se dos pés compridos e macios da avó dela, e de como ela pousava a mão nas costas da mãe quando ela ficava doente, e das vezes em que ela veio cuidar da mãe quando ela teve catapora na infância, assistindo a *A noviça rebelde* a seu lado inúmeras vezes, sem nunca reclamar nem fazer cara de tédio. E pensar nisso a comove. Todos aqueles ancestrais, toda aquela ternura passada de criança em criança, sendo a mais recente aquela ali — o bebê que está em seu colo. Enquanto a mãe se lembra, ela amamenta o bebê até ele dormir, tensa a cada interrupção de suas sugadas, com medo de que ele volte a vomitar.

Isso não acontece. Por ora, sua mãe vai deitá-lo no berço, em seu robe rosa, vai velá-lo em seu sono, vai se reclinar e pousar a mão em sua testa, medindo a temperatura sem parar. Está quente, mas não está fervendo, diz para si mesma — ainda que, sem o termômetro, não possa ter certeza absoluta. Ela se deita no chão, junto do bebê. Velando pelo bebê. O bebê respira. O bebê respira. Luz baixa e sombra no rosto do bebê. Por entre as ripas do berço, ela encosta um dedo na pele do bebê. Quente, mas não fervendo. Quente, mas não fervendo, pensa ela — um canto, uma oração — ainda que não seja uma certeza.

A EQUIPE, DE TOMMY ORANGE

Tradução de Simone Campos

Você estava olhando para a parede do seu escritório não sabia há quanto tempo. Ultimamente era assim que o tempo lhe fugia, como se entrasse atrás de uma cortina e depois saísse transformado em outra coisa, aqui como uma distração na internet, ali como um passeio na rua com sua esposa e filho que você insistia em chamar de caminhada, aqui como um livro que é olhado pelos seus olhos sem ser compreendido, ali como uma depressão incapacitante, aqui como urubus-de-cabeça-vermelha rondando o céu, ali como sua ansiedade sempre à espreita, aqui como uma chamada de Zoom que deu errado, ali como uma rodada de ensino em casa com seu filho, aqui como abril e maio já terminados, ali como uma obsessão com a contagem de mortes, os números impessoais ascendendo em incontáveis gráficos de mapas animados. O tempo não estava a seu lado, nem ao lado de ninguém, ele estava sonhando em ser desperdiçado com você, sendo você, oculto e óbvio como o sol atrás das nuvens.

Você estava pensando na última vez que esteve em público. Isso descontando as idas semanais em pânico e de máscara ao mercado, ou a corrida à caixa postal, você com suas caixas mal empilhadas de artigos nada essenciais, mantendo o máximo de distância que podia de quem quer que avistasse, especialmente depois de ouvir um podcast que lhe apresentou à ideia nojenta da chuva de perdigotos. Você nem faz contato visual com as pessoas mais, de tanto medo de contaminação.

A última coisa pública com concentração em massa que você fez foi correr sua primeira meia maratona. Sua medalha em destaque no seu escritório, feito uma cabeça de cervo na parede. Meia maratona não soa como grande coisa, sendo apenas a metade, mas para você foi uma conquista, correr e correr sem parar por 21 quilômetros. Quando começou a treinar, você chegou a pagar para entrar em uma equipe de corrida que se reunia e te incentivava, dizendo como era excruciante a experiência. Vocês repetiam lemas em coro e ouviam os líderes da equipe resmungarem sobre seus tempos de corrida e os incomparáveis alimentos e fontes energéticas que levavam em saquinhos plásticos amarrados na cintura. Você odiou o treino em equipe, então saiu e começou a pensar em todo o seu corpo, e na sua saúde, e na sua rotina, e na sua lista de músicas para correr como A Equipe. Você se levantava cedo para ir correr e, às vezes, saía mais de uma vez ao dia para isso. Você seguiu a quilometragem planejada, e também a dieta prescrita pelo aplicativo que baixou para treinar — naquela época, o aplicativo também fazia parte da Equipe. A Equipe guardava suas promessas para si. A Equipe era o seu coração mantendo a saúde e seus pulmões mantendo-se limpos e sua determinação mantendo-se determinada a realizar aquilo que você resolveu que precisava fazer por motivos de que nem se lembra mais.

Claro que correr é tão velho quanto ter pernas, e você mesmo já praticava a atividade fazia um bom tempo, principalmente para prevenir os quilos extras cada vez mais querendo se instalar com a idade, mas correr em uma corrida de verdade era novidade, correr com uma distância, com um tempo, para atravessar uma linha de chegada, era uma obrigação um tanto estranha que você tinha assumido feito um manto, um objetivo com linha de chegada. Antes da modernidade, correr era um negócio sério; era correr para fugir ou chegar a algo urgente, para caçar, de ser caçado, ou para entregar alguma mensagem imprescindível. A primeira maratona oficial aconteceu nas Olimpíadas de 1896 e foi vencida por um carteiro grego. A distância da corrida era uma referência à antiga lenda grega do corredor que transportava uma mensagem de vitória pouco antes de cair duro, morto, logo em seguida. Deve haver inúmeros outros exemplos de corrida na Antiguidade — com certeza os indígenas corriam por todo o interior da América até Cortés importar cavalos ibéricos para a Flórida, em 1519 — e ainda assim, você tem em mente a imagem do índio a cavalo, e embora a imagem devesse representar a enorme adaptabilidade dos povos nativos, ocupa o lugar do índio estático e morto. Você sempre soube que aquela imagem refletia um aspecto seu que era verdade e inverdade ao mesmo tempo, uma espécie de verdade centáurea, porque seu pai é nativo-americano, cheyenne, e sua mãe é branca, e os dois corriam regularmente, que foi de onde veio sua ideia de começar a correr, mas apesar das corridas da Antiguidade, e da tradição familiar, e das meias verdades, não havia como saber ao certo de que tipos de correria os humanos vinham participando desde o princípio dos tempos.

Depois da corrida, você retornou à montanha para a qual se mudou quando Oakland se tornou um custo insustentável para você, há cinco anos. Voltou ao isolamento, e se via razoavelmente protegido do risco que outros estavam correndo, aglomerados em cidades como estavam. Mas, depois daquela corrida, você cansou de correr. O mundo cantou os pneus e parou bruscamente, e o mesmo ocorreu com sua sensação a respeito daquele esforço todo valer a pena, ser algo pelo qual valia se empenhar. Quando os velhos monstros brancos no poder jogaram míseras migalhas ao povo enquanto se empanturravam do farto prato que foi o pacote de estímulo à economia, você sentiu uma necessidade doentia de parar com tudo e de ficar contemplando o circo pegar fogo, o mundo perder o fôlego. Com todas as línguas soltas de sempre matraqueando as coisas de sempre, sem quase nada a dizer, você só podia mesmo assistir, e foi tudo o que fez, tudo o que sentiu que podia fazer, que parecia ser fazer alguma coisa embora fosse não fazer nada: assistir, ouvir, ler as notícias como se algo de novo pudesse sair delas além de mais morte, mesmo quando você pensou que as mortes podiam significar que os velhos monstros brancos iam sofrer, mas não sofreram, e quem acabou sofrendo foi a mesma gente de sempre e por conta dos porcos usurparem mais do que sua justa porção, se empanturrando daquela lavagem de que nem mesmo tinham necessidade, numa voracidade tão além do necessário que você nem conseguia conceber. Tudo isso em nome da liberdade. Assim você aprendeu na escola, e era o que estava escrito nos livros-texto, a hipocrisia do livre mercado, da Constituição e da Declaração de Independência dos Estados Unidos, que se referia e ainda se refere aos indígenas como selvagens e cruéis.

A nova Equipe era a sua família, aquela que está em casa com você agora. Era a sua esposa, e o seu filho, a sua cunhada e as duas adolescentes dela. Era o próprio isolamento, o que você fazia com ele, contra ele. A nova Equipe não era pra correr; era pra planejar as refeições juntos e dividir notícias sobre o mundo exterior conforme lidas e ouvidas de dentro de suas vidas insulares, do interior de seus fones *bluetooth* de graves potentes. A nova Equipe era o novo futuro, ainda por ser determinado, que parecia estar sendo decidido por comunidades individuais e por elas acreditarem ou não no número de vidas perdidas e em como essas vidas se relacionavam com elas. Sua nova Equipe era composta de trabalhadores da linha de frente passando suas compras no caixa e fazendo suas entregas. Era feita da sua antiga família, aquela que estava brigada fazia tanto tempo que parecia absurdo sequer pensar em juntar seus cacos, quem dirá em colá-los como eram antes. Vocês estavam aprendendo a língua cheyenne com seu pai. Era a língua materna dele, e sua irmã tinha ficado um bocado fluente, e compreender uma nova língua parecia ser algo com que todos deveriam estar se preocupando, dado que vocês tinham perdido o fio da verdade, em algum ponto lá atrás, quando você ainda achava que acreditava mais em algo similar à esperança. Será que foi antes do Obama, ou durante o Obama, ou depois do Obama, tudo isso foi um momento importante para entender em que posição você se encontrava, como entendia o significado do futuro do país, que bandeira você defendia, e o que significava o fato de que os brancos estavam se aproximando das minorias — não vamos falar em esperança, não vamos falar em prosperidade, vocês iam sobreviver? Não, você não corria mais, e era visível, e talvez estivesse tomando um banho por semana, e se esquecia de cuidar dos dentes. Você bebia demais, e fumava mais cigarros do que nunca. Ficaria melhor assim que as coisas parecessem melhorar, uma vez que recebesse um sinal de esperança do noticiário; você está prestando atenção, algo vai vir por aí, uma cura, uma queda nos números, um remédio milagroso, anticorpos, alguma coisa, qualquer outra coisa.

Você volta à parede, à contemplação dela, incapaz de outra coisa senão observar. Era o Trabalho em Equipe sendo realizado por todo o novo mundo, todos os que não foram diretamente afetados, de observar e esperar, de permanecer no lugar, seria uma maratona, aquele isolamento todo, mas era o único jeito de a Equipe ganhar, os seres humanos, aquela maldita corrida de uma vez.

A PEDRA, DE LEÏLA SLIMANI

Tradução de Simone Campos

Certa noite de setembro, enquanto palestrava sobre seu mais novo romance, o autor Robert Broussard levou uma pedrada no rosto. No momento em que a pedra iniciava seu voo, o romancista chegava ao fim de uma anedota que já contara muitas vezes e cujo efeito pensava dominar. Era algo sobre Tolstói e seu apelido de "asqueroso". O público riu, mas, para decepção do autor, foi um riso frio, chocho. Em seguida, ele se voltou para o copo d'água na mesa a seu lado, de forma que foi seu flanco esquerdo que a pedra atingiu. O jornalista que o entrevistava soltou um grito lancinante, logo imitado por todo o público do evento. Em pânico, todos deixaram o recinto. Broussard ficou caído sozinho, inconsciente, a testa arrebentada.

Quando voltou a si, Robert Broussard estava num leito de hospital, metade do rosto forrado de bandagens. Ele não sentia dor alguma. Sentia-se flutuar, e não se incomodaria se aquela sensação de leveza durasse para sempre. Romancista de sucesso, sua reputação literária era inversamente proporcional às suas vendas. Ignorado pela imprensa, era visto com desdém pelos colegas, que achavam risível Broussard sequer se dizer escritor. No entanto, ele tinha um catálogo extenso de bestsellers e um público fiel — essencialmente feminino. Os livros de Broussard nunca tratavam de religião nem de política. Ele não tinha opiniões fortes sobre coisa alguma. Nunca abordava questões como gênero ou raça, e mantinha distância das polêmicas do momento. Foi uma surpresa alguém sentir vontade de atacá-lo.

Um policial veio interrogá-lo. Queria saber se Broussard possuía algum inimigo. Estava endividado? Será que tinha um caso com a mulher de alguém? E por falar em mulheres: Broussard se envolvia com muitas? E de que tipo? Haveria a possibilidade de alguma mulher ciumenta ou rejeitada ter entrado à socapa no evento? A todas estas perguntas, Robert Broussard respondeu com um balançar da cabeça. Apesar da boca seca e da dor horrenda que, de repente, começara a atormentar suas órbitas, ele foi descrevendo a tônica de sua existência. Levava uma vida tranquila, sem maiores percalços. Broussard nunca fora casado e passava boa parte do tempo em seu escritório. Às vezes, jantava com amigos que conhecia havia trinta anos, da época da faculdade, e aos domingos ia almoçar na casa da mãe.

— Sem grandes emoções — concluiu ele.

O inspetor fechou sua caderneta e foi-se embora.

A essa altura, Broussard era a manchete do momento. Todos os jornalistas do país se estapeavam por uma exclusiva com ele. Broussard era um herói. Para uns, ele era vítima de um justiceiro de extrema-direita; para outros, atraíra a fúria de extremistas islâmicos. Havia quem acreditasse que um *incel* amargurado se infiltrara no salão, louco para se vingar do homem que fizera sua fama em cima do falso mito do amor. Anton Ramowich, famoso crítico literário, publicou um artigo de cinco páginas sobre a obra de Broussard, que antes sempre menosprezara. Ramowich alegava ter descoberto, nas entrelinhas das noveletas água-com-açúcar do autor, uma crítica acerba à sociedade de consumo e uma análise aguçada das divisões sociais. "Broussard incomoda, questiona os felizes, provoca os alienados", concluía ele.

Ao receber alta do hospital, Broussard foi convocado ao Palácio do Eliseu, onde o presidente da França, um homem magro e um tanto agitado, aclamou-o feito a um herói de guerra.

— A França está muito agradecida — disse-lhe ele. — A França tem orgulho de você.

Um guarda-costas foi enviado para sua proteção: ele inspecionou o apartamento de Broussard e resolveu forrar as janelas com papel opaco e mudar o lugar do interfone. Era um homem parrudo de cabeça rapada e reluzente, que contou ao romancista que passara dois meses protegendo um neonazista panfletário que o tratava feito um criado, mandando-o até ir apanhar suas roupas na lavanderia.

Nas semanas seguintes, Broussard foi convidado para dezenas de programas de televisão, onde os maquiadores se desvelavam em realçar o talho em sua testa. Quando lhe perguntavam se ele via o ataque que sofrera como um ataque à liberdade de expressão, suas respostas fracas eram interpretadas como prova de sua modéstia. Pela primeira vez na vida, Robert Broussard se sentia amado por todos à sua volta — melhor, respeitado. Quando ele entrava em algum lugar com seu olho roxo, seu rosto de soldado ferido por estilhaço de bomba, o silêncio admirado era geral. E seu editor pousava a mão em seu ombro com o orgulho de um criador de cavalos exibindo seu puro-sangue.

Alguns meses depois, o caso foi dado por encerrado pela polícia. O culpado não fora identificado. Não havia câmeras na livraria onde se dera o evento, e os depoimentos dos espectadores tinham sido contraditórios. Nas redes sociais, o criminoso anônimo se tornou objeto de especulação apaixonada. Um jornalista anarquista, que construíra sua reputação vazando *sex tapes* de políticos, aclamava o agressor como um ícone das massas invisíveis e esquecidas. Quem atirara aquela pedra era o arauto de uma revolução. Ao ousar atacar Broussard, ele investira também contra o dinheiro fácil, o conceito de sucesso, a imprensa vendida e os homens brancos de meia-idade.

A estrela do romancista foi deixando de brilhar. Os convites para programas de televisão foram escasseando. Seu editor o aconselhou a ficar na encolha e postergou o lançamento de seu novo romance. Broussard não tinha mais coragem de procurar seu nome na internet. As coisas que lia a seu respeito eram tão raivosas que ele ficava sem ar. Elas o deixavam de estômago virado, o suor lhe brotava em gotículas na testa. Ele retornou à sua vida tranquila e solitária. Certo domingo, depois de almoçar com a mãe, ele resolveu voltar andando para casa. No caminho, ficou pensando no livro que queria escrever, o livro que resolveria tudo. Um livro que haveria de exprimir o caos de nossa época em palavras, e assim mostraria ao mundo o verdadeiro Robert Broussard. Era nisso que ele pensava quando a primeira pedra o acertou. Ele não viu de onde ela veio, nem as outras, e não teve tempo nem de cobrir o rosto com as mãos. Tudo que pôde fazer foi desabar no meio da rua, encolhido, sob uma chuva de pedras.

GRISELDA, A IMPACIENTE, DE MARGARET ATWOOD

Tradução de Simone Campos

Todos ganharam os seus cueiros? Tentamos providenciar os tamanhos corretos. Perdão por alguns deles serem toalhas de rosto — nosso estoque acabou.

E seus tira-gostos? Lamento não termos conseguido arrumar um jeito de cozinhá-los, como vocês dizem, mas a nutrição é mais completa sem esse tal cozimento de vocês. Se colocarem o tira-gosto inteiro no seu aparelho ingestor — na sua, como é que vocês chamam, boca — o sangue não vai pingar no chão. É assim que fazemos na nossa terra natal.

Lamento não termos nenhum tira-gosto do tipo que chamam de vegano. Não conseguimos interpretar esta palavra.

Vocês não têm obrigação de comê-los se não quiserem.

Por favor, parem de cochichar aí atrás. E pare de choramingar, e tire o dedão da boca, Senhor-Senhora. Você precisa dar um bom exemplo às crianças.

Não, você não é uma das crianças, Senhora-Senhor. Você tem quarenta e dois anos. Entre nós, vocês seriam as crianças, mas vocês não são de nosso planeta, nem mesmo de nossa galáxia. Gratidão por compreender, Senhor ou Senhora.

Eu falo os dois porque francamente não sei identificar a diferença. Não temos essas definições limitadas no nosso planeta.

Sim, eu sei que pareço com o que vocês chamam de polvo, pequena entidadezinha. Eu vi imagens desses seres amigáveis. Se a forma como me apresento de fato os perturba, podem fechar os olhos. Isso lhes permitiria prestar mais atenção à história, de qualquer modo.

Não, vocês não podem sair da sala de quarentena. A peste está à solta. Seria perigoso demais para vocês, ainda que não para mim. Não possuímos este tipo de germe em nosso planeta.

Sinto muito não haver o que vocês chamam de vaso sanitário. Nós aqui usamos toda a nutrição que ingerimos como combustível, então não temos necessidade de tais receptáculos. Chegamos, sim, a tentar adquirir esse chamado vaso sanitário para vocês, mas ouvimos dizer que está em falta. Podem tentar se aliviar pela janela. Aqui é bem alto, então por favor não tentem pular.

Também não é nada divertido para mim, Senhora-Senhor. Mandaram-me aqui como parte de um pacote de auxílio a crises intergalácticas. Eu não tive escolha, pois trabalho com entretenimento e tenho status inferior. E esse dispositivo de tradução simultânea que me cederam não é da melhor qualidade. Conforme já comprovado pela nossa interação, vocês não compreendem as minhas piadas. Mas, conforme gostam de dizer, mais vale um ser alado e bicudo na mão do que dois seres alados e bicudos voando.

Agora, a história.

Incumbiram-me de lhes contar uma história, e agora eu vou contá-la. Esta história é uma velha história da Terra, pelo que entendi. Ela se chama "Griselda, a impaciente".

Certa vez, existiram umas gêmeas. Seu nível de status era baixo. Os nomes delas eram Griselda, a Paciente, e Griselda, a Impaciente. Suas aparências eram agradáveis. Elas eram Senhoras e não Senhores. Elas eram conhecidas como Pac e Imp. Griselda era o que vocês chamariam de sobrenome delas.

Como é, Senhor-Senhora? Você diz que é Senhor? Sim?

Não, não era apenas uma. Eram duas. Quem está contando essa história? Sou eu. Então eram duas.

Certo dia, uma pessoa rica de status elevado, que era um Senhor e uma coisa chamada Duque, veio passando montada em um — veio passando, montada em um — se você tem pernas suficientes não precisa dessa coisa de vir montada, mas o Senhor tinha apenas duas pernas, feito vocês todos. Ele viu Pac regando as — fazendo alguma coisa na área externa da choupana em que morava, e ele disse:

— Venha comigo, Pac. As pessoas dizem que preciso me casar para poder copular legitimamente e produzir um pequeno Duque.

Ele era incapaz de simplesmente emitir um pseudópode, entende.

Um pseudópode, Senhora. Ou Senhor. É claro que você sabe o que é! Você é adulto!

Mais tarde eu explico.

O Duque falou:

— Sei que você tem status baixo, Pac, mas é por isso que eu gostaria de me casar com você em vez de com alguém de status elevado. Uma Senhora de alto status teria coisas na cabeça, mas você não tem coisa nenhuma. Eu posso mandar em você à vontade e te humilhar quanto quiser, que você vai se sentir tão por baixo que não vai dizer um ai. Nem um ui. Nem nada. E, se você recusar meu pedido, eu mando cortarem sua cabeça.

Isso foi muito alarmante, de forma que Griselda, a Paciente, disse sim, e o Duque a alçou ao dorso do seu... Perdão, não temos uma palavra para isso, então o dispositivo de tradução não ajuda em nada. Ao dorso do seu tira-gosto. Por que vocês estão rindo? O que vocês acham que os tira-gostos são antes de virarem tira-gostos?

Vou continuar a história, mas aconselho vocês a não me aborrecerem indevidamente. Às vezes, eu sinto mau humor de fome. Quer dizer, a fome me deixa de mau humor, ou o mau humor me deixa com fome. Um desses dois. Para isso, nós temos uma palavra em nossa língua.

Então, com o Duque segurando o atraente abdômen de Griselda, a Paciente, com muita força para ela não cair do seu — para ela não cair, eles foram galopando até o seu palácio.

Griselda, a Impaciente, ouvira tudo detrás da porta. Aquele tal Duque é uma pessoa horrível, disse ela a si mesma. E ele está preparado para se portar muito mal com minha adorada irmã gêmea, a Paciente. Eu vou me disfarçar de jovem Senhor e arrumar emprego na ampla câmara de preparo de alimentos do Duque para poder ficar de olho nos acontecimentos.

Então Griselda, a Impaciente, trabalhou como o que vocês chamariam de ajudante de cozinha na câmara de preparo de alimentos do Duque, onde ela ou ele presenciou todo tipo de desperdício — pelos e pés sendo simplesmente descartados, imagine uma coisa dessas, e ossos, depois de fervidos, também sendo jogados fora — mas ele ou ela também ouvia todo tipo de fofoca. Boa parte da fofoca era sobre como o Duque maltratava sua nova Duquesa. Era grosseiro com ela em público, a fazia usar roupas que não lhe caíam bem, batia nela, e dizia-lhe que todo o mal que ele lhe fazia era por culpa dela. Mas a Paciente nunca dizia um ai.

Griselda, a Impaciente, ficou ao mesmo tempo desalentada e zangada com essas notícias. Um dia, ela ou ele deu um jeito de encontrar Griselda, a Paciente, quando ela estava se lamuriando no jardim, e revelou sua verdadeira identidade. As duas realizaram um gesto corporal afetuoso, e Impaciente disse:

— Como você deixa ele te tratar assim?

— Um receptáculo para líquidos meio cheio é melhor do que um que esteja meio vazio — disse Pac. — Eu tenho dois lindos pseudópodes. De todo modo, ele está testando a minha paciência.

— Em outras palavras, ele está vendo até onde pode chegar — disse Imp.

Pac suspirou:

— Que escolha eu tenho? Ele me mataria sem titubear se eu lhe desse o mínimo pretexto. Se eu disser um ai, ele me corta a cabeça. Ele tem uma faca.

— Isso é o que vamos ver — disse Imp. — Há muitas facas na câmara de preparo de alimentos, e a essa altura já tenho muita prática em utilizá-las. Pergunte ao Duque se ele te daria a honra de um encontro para dar uma volta nesse mesmo jardim, esta noite.

— Tenho medo — disse Pac. — Ele pode considerar tal pedido equivalente a dizer um ai.

— Nesse caso, vamos trocar nossas roupas — disse Imp. — E eu mesma o faço.

Então Imp vestiu o vestido da Duquesa, e Pac vestiu a roupa de ajudante de cozinha, e lá se foram as duas para seus diferentes postos no palácio.

No jantar, o Duque anunciou à suposta Pac que ele assassinara seus dois lindos pseudópodes, e ao ouvir isso ela nada disse. Ela sabia, de qualquer modo, que ele estava blefando, tendo ouvido de outro ajudante de cozinha que os pseudópodes tinham sido transportados em segredo para um local seguro. O pessoal da câmara de preparo de alimentos sempre sabia de tudo.

Então o Duque acrescentou que no dia seguinte ele iria expulsar Paciente do palácio despida — não temos isso de despida no nosso planeta, mas compreendo que aqui é uma vergonha ser visto em público sem suas vestimentas. Depois que todos tivessem zombado da Paciente e perdulariamente atirado pedaços de tira-gosto podre nela, ele disse que pretendia se casar com outra pessoa, mais jovem e mais bela do que Pac.

— Como quiser, meu senhor — disse a suposta Paciente —, mas, primeiro, eu tenho uma surpresa para o senhor.

O Duque já estava surpreso só de ouvi-la falar.

— Você fala a sério? — disse ele, curvando suas antenas faciais.

— Sim, ó admirado e sempre sensato Senhor — disse Imp em um tom de voz que sinalizava o preâmbulo para a excreção de pseudópodes. — É um presente especial para o senhor, em retribuição à sua grande benevolência para comigo durante nossa tristemente curta coabitação. Por favor, conceda-me a honra de se unir a mim no jardim esta noite para que possamos fazer sexo consolador mais uma vez, antes que eu seja privada para sempre de sua iluminada presença.

O Duque achou essa proposta ousada e picante.

Picante. É uma de suas palavras. Quer dizer enfiar um espeto em alguma coisa. Sinto muito não saber explicar além disso. É uma palavra da Terra, afinal de contas, e não uma palavra da minha língua. Vocês vão ter que perguntar por aí.

— Que ousado e picante da sua parte — disse o Duque. — Sempre pensei que você fosse um capacho, uma mosca-morta, mas, pelo visto, por baixo dessa cara de leite azedo, você é uma vadia, uma rameira, uma mulher-dama, uma quenga, uma meretriz, uma vagabunda, uma cocota e uma puta.

Sim, Senhora-Senhor, de fato existem muitas palavras como estas no seu idioma.

— Concordo, meu senhor — disse Imp. — Eu jamais iria contradizê-lo.

— Hei de encontrá-la no jardim após o pôr do sol — disse o Duque. Isto vai ser mais divertido do que de costume, pensou ele. Talvez sua alegada esposa fosse mostrar alguma iniciativa, para variar, em vez de ficar lá deitada que nem uma tábua.

Imp foi em busca do ajudante de cozinha, a saber, Pac. Juntas, elas escolheram uma faca comprida e afiada. Imp a escondeu em sua manga de brocado, e Pac se ocultou atrás de um arbusto.

— Saudações sob a lua, meu senhor — disse Imp quando o Duque surgiu das sombras, já desabotoando a parte de sua vestimenta atrás da qual seu órgão de prazer normalmente se ocultava. Eu ainda não compreendi bem esta parte da história, já que no nosso planeta o órgão do prazer se situa atrás da orelha e está sempre à vista. Isso facilita muito as coisas, já que assim nós podemos ver diretamente se a atração foi gerada e se é recíproca.

— Tire seu vestido ou eu o rasgo, puta — disse o Duque.

— Com prazer, meu senhor — disse Imp. Aproximando-se dele com um sorriso, ela retirou a faca de sua manga ricamente ornamentada e cortou-lhe o pescoço, assim como cortara o pescoço de muitos tira-gostos no decorrer de sua carreira de ajudante de cozinha. Ele mal soltou um grunhido. Então as duas irmãs realizaram um gesto corporal afetuoso, e então as duas comeram todo o Duque — ossos, vestes de brocado, tudo.

Perdão? O que significa PQP? Desculpe, não entendi.

Sim, Senhora-Senhor, admito que foi um momento intercultural. Eu estava simplesmente narrando o que eu teria feito no lugar delas. Mas contar histórias nos ajuda a nos compreender mutuamente apesar de nosso grande abismo social, histórico e evolucionário, não acha?

Depois disso, as irmãs gêmeas localizaram os dois lindos pseudópodes, e deu-se uma reunião muito feliz, e todos viveram felizes no palácio. Alguns parentes desconfiados do Duque vieram xeretar, mas as irmãs os comeram também.

Fim.

Pode falar, Senhor-Senhora. Vocês não gostaram do final? Não é o de costume? Então qual final vocês preferem?

Ah. Não, acredito que este final seja de outra história. Não uma que me interesse. Esta, eu a contaria mal. Mas essa eu creio que contei bem — bem o bastante para prender sua atenção, vocês têm que admitir.

Vocês até pararam de choramingar. O que é muito bom, porque choramingo é muito irritante, sem falar tentador. No meu planeta, só os tira-gostos choramingam. O que não é tira-gosto não choraminga.

Agora, se me derem licença. Tenho vários outros grupos quarentenados na minha lista, e é meu trabalho ajudá-los a passar o tempo, tal como ajudei vocês a passar o seu. Sim, Senhora-Senhor, ele teria passado de qualquer modo, mas não teria passado tão rápido.

Agora vou só me escoar por debaixo da porta. Como é útil não ter esqueleto. É mesmo, Senhor-Senhora, eu também espero que a peste termine logo. Aí eu vou poder voltar à minha vida normal.

DEBAIXO DA MAGNÓLIA, DE YIYUN LI

Tradução de Rogerio W. Galindo

O casal marcou de encontrar Chrissy perto do Battle Monument. Ela tinha encontrado os dois uma vez, cinco anos antes, quando advogou para os compradores da casa deles. Logo depois, a esposa entrou em contato para falar dos planos do casal de fazer um testamento. Chrissy mandou os materiais para eles e nunca teve resposta. Ela se esqueceu dos dois até receber outro e-mail da esposa, pedindo desculpas por ter desaparecido. "Dessa vez, estamos decididos a ir em frente", ela escreveu.

Eles não eram os primeiros clientes procrastinadores. As pessoas contavam para Chrissy como era aflitivo indicar tutores para filhos pequenos, tomar decisões quanto ao próprio futuro. Ela mesma não tinha nem testamento nem planos definidos — nada errado com isso. Um médico podia fumar ou, como no caso do pai dela, beber até se esquecer de tudo. Ninguém disse que você tem que viver de acordo com os padrões definidos pela sua profissão.

As magnólias que ladeavam a avenida estavam no auge. Chrissy pegou uma pétala do tamanho da palma de sua mão num banco. Magnólias são flores tão confiantes. As pétalas, mesmo depois de cair, parecem vivas.

Anos atrás, Chrissy e suas duas melhores amigas cavaram um buraco e enterraram um envelope debaixo de uma daquelas magnólias. Dentro, havia bilhetes que elas escreveram, que deveriam ser lidos de novo quando completassem cinquenta anos. Para marcar a solenidade do evento, cada uma colocou um único brinco lá dentro. O de Chrissy era um unicórnio de opala.

Nenhuma delas se lembrou do envelope quando completaram cinquenta anos. A lembrança só ocorreu a Chrissy agora.

— Jeannie? — um homem a alguns passos de distância disse com hesitação.

Chrissy disse que ela não era Jeannie e ele se desculpou. Será que ele tinha um encontro romântico com Jeannie? Eles iam ter que tirar as máscaras, ela pensou, para causar uma boa impressão. E como poderiam confiar um no outro se tirassem as máscaras?

O casal não teve dificuldades para reconhecer Chrissy, nem ela para reconhecer os dois. Eles eram as únicas três pessoas perto da escultura do General Washington. O casal pediu desculpas pelos dois amigos, as testemunhas, que estavam atrasados.

Chrissy preferia a pontualidade. Ela não gostava de conversa fiada. Mesmo assim, perguntou ao casal sobre a vida deles durante o isolamento. O marido fez um aceno educado com a cabeça e se afastou. Provavelmente ele também odiava conversa fiada.

— E as crianças? Em que ano estão agora? — Chrissy perguntou.

A mulher olhou para o marido. Ele estava mais longe, examinando o General Washington.

— O Ethan está no sexto ano. — Houve uma pausa antes da resposta.

Eles só tinham um filho? Chrissy se lembrava de dois da conversa fiada de cinco anos atrás. Mas de fato só o nome de Ethan estava nos testamentos. Pode ser que ela tivesse confundido os dois com outra família.

— Você deve estar pensando na... Zoe? — a esposa disse em voz baixa.

— Isso... — Chrissy respondeu. Ela já sabia então o que a esposa ia dizer, e ficou aliviada por as testemunhas chegarem bem naquele momento. Zoe estava morta. Chrissy queria não ter perguntado dos filhos. Uma pergunta inocente como aquela, mas nunca houve uma pergunta realmente inocente.

As assinaturas não levaram mais de dez minutos. O casal estava saudável. Nenhum dos dois tinha se casado antes, nem tinha filhos fora do casamento. Nenhuma complicação, era assim que Chrissy via clientes como eles. E, no entanto, todos eles tinham algumas complicações. Frequentemente, Chrissy preferia não se deter nelas.

Enquanto o casal e as testemunhas se afastavam, Chrissy chamou a mulher:

— Sra. Carson.

O marido e as testemunhas continuaram andando, numa formação triangular com a distância correta entre eles. Chrissy queria dizer algo sobre Zoe. A esposa havia mencionado o nome por alguma razão.

A esposa fez um gesto na direção dos documentos na pasta de Chrissy.

— Estranhamente animador, não? Assinar nossos testamentos num dia ensolarado como esse?

— É uma coisa boa de se fazer — Chrissy disse, uma resposta automática.

— Sim — a esposa concordou, e a agradeceu Chrissy de novo.

Elas iam se separar então, e possivelmente nunca mais se veriam. Chrissy ia esquecer esse encontro como esqueceu o que havia escrito para si mesma quando era adolescente. Mas, algum dia, ela ia se lembrar desse momento, e queria dizer mais do que uma platitude, assim como queria se lembrar do bilhete que havia escrito para si mesma, ou do que tinha dito para o pai sobre o álcool.

— Lamento muito — Chrissy disse — sobre a Zoe. — As palavras mais banais, mas nunca há palavras certas. Eis uma desculpa para não dizer nada.

A esposa fez que sim com a cabeça.

— Às vezes eu queria que a Zoe tivesse sido menos decidida — ela disse. — Queria que ela tivesse sido como eu e o pai dela. Nós dois somos procrastinadores.

E, no entanto, nenhum professor ou pai incentivaria a procrastinação ou a indecisão dos filhos, Chrissy pensou. Por que ela e as amigas imaginaram que décadas mais tarde ainda se lembrariam dos bilhetes, e que ainda teriam interesse neles? A confiança na consistência da vida, no caso de alguém jovem, facilmente se transforma no desespero pela imutabilidade da vida.

— Mas dessa vez vocês foram em frente — Chrissy disse, apontando para a pasta. Mais uma platitude, mas platitudes, assim como a procrastinação, também têm seu sentido.

✹ DO LADO DE FORA, DE ETGAR KERET

Tradução de Rogerio W. Galindo

Três dias depois do fim do toque de recolher, ficou claro que ninguém pensava em sair de casa. Por motivos desconhecidos, as pessoas preferiam continuar em casa, sozinhas ou com suas famílias, talvez simplesmente felizes por manter todas as outras pessoas à distância. Depois de passar tanto tempo a portas fechadas, todo mundo já estava acostumado: não ir para o trabalho, não ir ao shopping, não encontrar um amigo para um café, não receber um abraço inesperado ou inusitado na rua de alguém que fazia aula de ioga com você.

O governo permitiu mais alguns dias para adaptação, mas quando ficou evidente que as coisas não iam mudar, não houve escolha. A polícia e as forças armadas começaram a bater nas portas e mandar as pessoas saírem.

Depois de cento e vinte dias de isolamento, nem sempre é fácil lembrar o que você fazia para ganhar a vida. E não é que você não esteja se esforçando. Definitivamente era algo que envolvia um monte de gente irritada que tinha problemas com autoridade. Uma escola, quem sabe? Ou uma prisão? Você tem uma vaga memória de um menino magricelo, que estava com os primeiros pelos de um bigode despontando, jogando uma pedra em você. Será que você era um assistente social trabalhando num abrigo?

Você fica parado na calçada em frente ao prédio em que mora, e os soldados que mandaram você sair de casa fazem sinal para que você se mexa. E você faz isso. Mas não sabe exatamente para onde está indo. Procura no celular algo que possa ajudar a entender as coisas. Compromissos anteriores, ligações perdidas, endereços nos seus memorandos. As pessoas passam apressadas por você na rua, e algumas parecem realmente apavoradas. Elas também não conseguem lembrar aonde deviam ir, e caso lembrem, não sabem mais como chegar lá ou o que exatamente fazer no caminho.

Você está morrendo de vontade de um cigarro, mas deixou os seus em casa. Quando os soldados entraram e gritaram para você sair, mal teve tempo de pegar as chaves e a carteira, esqueceu até os óculos escuros. Podia tentar voltar, mas os soldados continuam por ali, batendo impacientes nas portas dos vizinhos. Então você anda até a loja da esquina e descobre que só tem uma moeda de cinco shekels na carteira. O moço alto no caixa, que fede a suor, pega de volta o maço de cigarros que acabou de lhe dar: "Eu guardo aqui para você." Quando pergunta se pode pagar com cartão de crédito, ele sorri como se você tivesse contado uma piada. A mão dele encostou na sua quando ele pegou os cigarros de volta, e era uma mão peluda, como um rato. Passaram-se cento e vinte dias desde a última vez que alguém tocou em você.

O seu coração bate forte, o ar sibila nos pulmões, e você não tem certeza de que vai aguentar. Perto do caixa automático, há um homem sentado com roupas sujas, e ao lado dele há uma caneca de alumínio. Você se lembra do que deve fazer numa situação como essa. Você rapidamente passa por ele, e, quando ele diz numa voz rachada que não come faz dois dias, você olha para o outro lado, evitando contato visual com ele como um profissional. Não tem por que ter medo. É como andar de bicicleta: o corpo se lembra de tudo, e o coração que amoleceu enquanto você estava sozinho vai endurecer rapidinho.

✲ RECORDAÇÕES, DE ANDREW O'HAGAN

Tradução de Rogerio W. Galindo

Lofty Brogan trabalhava de peixeiro no Saltmarket. O pessoal dizia que ninguém limpava um peixe mais rápido em Glasgow, mas ele não sabia contar piadas como os outros caras. A louquinha chegava no balcão todo dia e dizia que queria arenque defumado.

— Eu sou a Geetha da rua Parnie — ela disse naquele dia. — E o meu nome quer dizer "música".

— Você veio ao lugar certo — disse Elaine, a dona. — O Lofty aqui canta superbem, né, querido? — Ele embrulhou os peixes defumados em papel impermeável. A patroa estava com batom nos dentes. — Então, Geetha — ela disse —, que tal variar um pouco hoje? A gente tem tudo aqui pra fazer um ensopado de peixe.

— Cacciucco — Lofty disse.

— Salmonete. Um pouco de linguado. Marisco.

— Esses peixes chiques não são pra mim — respondeu Geetha.

Elaine disse que ela estava cometendo um erro.

— Você é uma baita cozinheira, e se continuar comendo arenque, vai acabar virando um.

Geetha abriu a bolsa e tirou o mesmo valor de sempre.

— Ela tinha o melhor restaurante indiano da rua Argyle — Elaine comentou quando a mulher saiu andando com a bolsa. — Dá dó.

História demais, Lofty pensou. Trabalhar no Fish Plaice era tranquilo, mas não era para ele. O tempo dele de marceneiro já tinha acabado. Lofty gostava da Elaine, só isso, e canteiros de obras eram um pesadelo. O que mais importava para ele eram cidades europeias. Lofty economizava tudo que podia para voar para esses lugares, quanto mais vazios, melhor. No trabalho, mal falava. Entendia de mexilhões e de mariscos, sabia por quanto tempo cozinhar um peixe-galo, e havia quem lançasse belos olhares para ele por cima das caixas de gelo. Para Elaine, ele era o Olhos de Anjo. Além de peixe, o mercado vendia aves, e ele vendia pombos na mesma velocidade que vendia polvos, e ela, portanto, não tinha do que se queixar. Algumas coisas que ele falava os colegas de trabalho não entendiam. Um dia antes do isolamento, ele penteou o cabelo louro e deixou um topete, e escreveu um anúncio para encontrar um namorado. Elaine estava empolgada com o anúncio, mas ele disse que não era nada de mais, só um perfil num site de encontros.

— Você é bonito, Lofty — ela disse na hora do intervalo — e alto. Devia ter continuado estudando. Aí você não ia precisar alugar um quarto e pagar esses aluguéis extorsivos.

— Vocês ficaram com todas as casas. Todas as chances. — Elaine estava parada debaixo de um cartaz que dizia: "Quer peixe mais fresco? Compre um barco."

— Do que você está falando?

— Vocês, mais velhos — Lofty disse. — E agora a gente não sai do lugar.

— Vou te mostrar quem é mais velho — ela disse, antes de falar mais alguma coisa sobre a mãe dele. — Uma mulher instruída daquela. Como é que ela te deixou mimado assim?

— Ah, claro — ele respondeu. — Supermimado. A gente teve duas daquelas crises que todo mundo acha que só acontecem uma vez por geração, só que em pouco mais de uma década. Mimado pacas.

O pet shop ao lado fechou na manhã seguinte. O cara nunca vendia nada mesmo: os animais eram só amigos dele. Mas ele disse que tinha visto o *Newswatch* e que todo mundo ia entrar em quarentena e aí, contrariando as regras, soltou os canários no Glasgow Green. "Ah, meu Deus", Lofty disse, "você vai jogar seus peixinhos dourados no Clyde?" O Empire Bar, que ficava ao lado do Pet Emporium, passou a ficar aberto só até a hora do almoço, depois fechou. No final da semana, a rua ficava deserta e não tinha nada acontecendo no Grindr. O flat que Lofty alugava tinha vista para o parque, e ele achava estranho não ver ninguém na frente do Tribunal. A fumaça da fornalha de Polmadie tinha parado de vez.

Ele não gostava de ligar para a mãe. Ela passava metade do tempo falando do passado ou de dinheiro.

— Você é viciado em ser esquisito — ela disse naquela tarde. — Nunca nada é culpa sua?

— O quê?

— Deve ser ótimo.

— A minha vida é resultado das suas decisões.

— Ah, para com isso. Você tem vinte e sete anos.

— Eu não queria ser marceneiro. Não achei que fosse ficar no mercado.

— Você está sempre atrasado pra festa — ela disse. — Por que não dar uma festa você mesmo? Por que não encher a festa de gente que você gosta e mostrar que pode se comprometer com alguma coisa?

— Porque você tomou todo o champanhe — ele disse.

Lofty ficou sem ligar para ela por mais dez dias, e quando ligou foi uma enfermeira que atendeu. Ela disse que a mãe dele não podia atender, que as coisas estavam bem mal, e naquele mesmo dia acabaram levando ela numa ambulância para a Royal Infirmary. Tudo acabou bem rápido depois disso. Não tinha nada que ele pudesse fazer, e era tarde demais para fazer alguma coisa. Um médico ligou para o irmão mais velho dele em Londres, que ligou para Lofty, mas ele não atendeu. Daniel não era nada pra ele há anos — Dan tinha ido embora. Ele não fazia parte daquilo.

Eles tiveram uma briga quando o pai morreu em 2015. Lofty acusou o irmão de roubar uma pasta do apartamento dos pais. "Essa é a acusação mais maluca que eu já ouvi", Dan escreveu para ele numa mensagem de celular, mas Lofty simplesmente ignorou. Depois, Dan gritou e surtou com a mãe deles, antes de bloquear o irmão, o que deixou Lofty se sentindo vitorioso. Era óbvio que Dan era culpado e que tinha perdido o controle, não só quanto ao roubo, mas com todo o resto. Dan sempre agiu como se a família drenasse sua concentração. Da única vez que Lofty foi visitar o irmão, os dois quase brigaram no meio da Notting Hill Gate. Depois de tomar um drinque num bar, Dan começou a gritar no meio da rua que Lofty era "tóxico e hipócrita, que estava o tempo todo irritado e era intratável". Tanto faz. Lofty cuspiu no chão bem do lado dele.

— Sua vida é uma piada, Dan. Toda essa grana. Você me dá nojo.

Um dia, a mãe deles disse para Lofty que soube da briga. Ele sabia que ela concordava com o irmão: Lofty é que era o problema. Eles falavam "a mesma língua", ou gostavam dos mesmos livros. Usavam palavras como "disfuncional". As pessoas eram "difíceis". Depois da história da pasta, a mãe de Lofty mandou para ele pelo correio um livro chamado *Como se libertar de você mesmo*. Lofty nunca descobriu se a mãe levou a sério o que ele disse sobre o roubo. Ela nunca tocou no assunto, jamais. Ele se sentiu sozinho de um jeito totalmente novo e estava com lágrimas nos olhos quando saiu do apartamento, batendo a porta. Carregava a caixa de ferramentas escada abaixo, e pensou que era como se estivesse levantando halteres.

Ia levar uma hora para chegar à casa dela. No Saltmarket, todas as venezianas estavam fechadas. O vírus era como uma revolução no cérebro, como um argumento novo. Um sujeito estava caído do lado de fora do pub Old Ship Bank com a cabeça entre os joelhos. Lofty passou pela Procuradoria e tentou achar o número 175. O pai dele era obcecado com histórias dos ancestrais irlandeses da família

— incluindo uns jovens jogadores de futebol que estiveram entre os primeiros a jogar no Glasgow Celtics; Molly Brogan, que vendia flores St. Enoch's; os boxeadores; os frequentadores de bares ilegais; e o primeiro Alexander Brogan, que trabalhava meio expediente como químico e que envenenou a mulher. Todos eles tinham morado ali, "os cinco Alexanders". O primeiro veio de Derry em 1848 e foi direto do navio para o serviço assistencial da Paróquia. Lofty ficou olhando do meio da rua. Estava escrito "1887" no topo da empena escalonada, e ele se deu conta de que o prédio devia ter substituído outro mais antigo. Os Brogan: lá em cima com seus utensílios católicos e seus pontos de vista fortes sobre como sobreviver.

Lofty atravessou o rio e foi até Victoria Road. Ele percebeu que o correio ainda estava aberto. Olhou para o relógio. O cara da mudança disse que iam fazer tudo rápido, manter o distanciamento social e sair do apartamento lá pelas duas da tarde. Como as pessoas mantinham distanciamento social carregando um sofá e duas poltronas? Ele passou a caixa de ferramentas para a outra mão; aquilo era pesado. Lofty chegou ao parque e, de repente, achou que devia sentar num banco. Depois de pegar o celular, ele fuçou um pouquinho.

— Não, não, não mesmo — disse. — Não com essa cara. — Ele entrou no Instagram e postou uma selfie com as árvores atrás. Em questão de minutos, Elaine tinha "curtido" e postado um comentário, dois polegares para cima e um coração.

Ele bloqueou Elaine, acendeu um cigarro, depois apagou a conta. Um policial saiu de uma van e foi andando até um grupo de alunas sentadas na grama.

— O que vocês pretendem fazer? — ele ouviu o policial perguntar.

— Só ficar sentadas — respondeu uma delas.

— Infelizmente acho que está na hora de vocês irem embora.

— É isso aí! A grama não é de vocês! — Lofty gritou. Ele levantou e o policial olhou para ele e as meninas deram uma risadinha.

— O senhor está bem? — o policial perguntou.

Ele se afastou com a caixa de ferramentas pesada. Foi a única coisa que o pai lhe deixou, a caixa de ferramentas e as coisas dentro dela.

Tinha samambaias no jardim dela. A chave estava debaixo de um tijolo. Ele abriu a porta e viu que o hall estava praticamente vazio, exceto por um telefone desligado no canto e objetos pessoais aqui e ali, diplomas emoldurados em caixas. Era uma casa pequena, perfeitamente bem dividida, com lareiras azulejadas na sala de estar e nos dois quartos. Havia uma sombra no carpete nos lugares onde ficavam as camas; o sofá tinha ido embora, assim como a mesa de jantar, a TV, todas as mesinhas de canto, os tapetes e as luminárias. Lofty não ia ficar com nada daquilo. Ele disse para os caras da mudança para levar tudo e fazer o que quisessem com aquilo. No canto da cozinha, encontrou uma banqueta de madeira que ele lembrava da infância e que a mãe pintou com tinta brilhante azul. Lofty abriu a caixa de ferramentas e tirou uma serra tico-tico, parando para trocar a lâmina. Então serrou o banquinho e, em seguida, encontrou papel jornal. Acendeu a lareira na sala de estar. A certa altura, ele estava com três lareiras acesas — uma em cada cômodo. Lofty começou a esvaziar as sacolas. Deixava uma lareira apagar enquanto acendia outra, usando uma pá para jogar as cinzas quentes num balde que encontrou no quintal. Tarde da noite, ele achou garrafas do antigo carrinho de bebidas dela e bebeu Pernod no gargalo. As outras garrafas ele jogou fora. Em uma das sacolas no corredor, encontrou um longo cordão com contas de rosário. Sabe-se lá quantos baldes ele levou para fora, mas tinha um monte de cinzas esfriando no quintal. Devia ser meia-noite quando colocou um rolo de cabos de TV na lareira da sala de estar, uma velha lista telefônica, e então abriu o último saco preto e encontrou — a pasta.

Ele sentou de pernas cruzadas e abriu a pasta, o fogo crepitando ao lado e sombras oscilando pela sala. "Quem, Eu?" estava escrito em um panfleto, o primeiro de muitos dos Alcoólicos Anônimos que estavam dentro da pasta. Ele leu todos e tomou o Pernod em grandes goles. Lofty encontrou uma série de cartões-postais de Oban — o lugar onde o velho passava sozinho seus feriados — e em todos eles havia uma descrição do tempo antes da assinatura "com amor". Lofty temia ser como ele, mas gostou do modo como os cartões-postais tornavam as chamas verdes. Em um compartimento fechado a zíper, encontrou cartas e certidões de nascimento de muitos anos atrás, e uma fotografia escolar com uma caligrafia diferente no verso. “Alexander e Daniel, St. Ninians, 1989.” Ele olhou para o rosto do irmão e teve certeza de que nunca mais ia vê-lo.

Lofty pegou uma faca Stanley e cortou o couro macio em tiras. O cheiro daquilo queimando mudou completamente a sensação de estar na sala da casa da mãe. Chegou uma hora em que já não tinha sobrado quase nada, as molduras de madeira já tinham sido consumidas, e ele havia tirado os parafusos das paredes com alicates e jogado no balde. Uma hora, no meio da noite, ele pegou um formão e tirou camadas de papel de parede. A última camada antes do reboco era rosa com flores brancas, e ele jogou maços daquilo no fogo. Lofty decidiu que ia esperar todas as cinzas no quintal esfriarem, e depois encher a caixa de ferramentas com aquilo, ir até a agência do correio de manhã, e mandar para o endereço de Daniel, em Londres. Era o mínimo que ele podia fazer. Lá pelas 4h da manhã, ele ouviu os pássaros cantando alto na rua.

Lofty pegou o formão favorito do pai. Havia um adesivo desbotado na parte de metal — “J. Tyzackand Son, Sheffield, 1879.” Jogou na lareira e depois foi até a janela da sala de estar. Não tinha problema que o aço fosse resistir. Ele achava que tinha feito o melhor que podia. Havia música lá fora. As luzes nos apartamentos das pessoas pareciam brilhantes àquela hora, e ele ficou pensando se todo mundo estaria acordado. Aqui e ali, restos mortais tinham saído de casas ou asilos sem funerais nem nada.

— Será que ela sabia? — ele disse. Depois colocou as mãos no vidro frio e pensou em Malmo na primavera.

A GAROTA COM A GRANDE MALETA VERMELHA, DE RACHEL KUSHNER

Tradução de Rogerio W. Galindo

Naquela velha história de Poe, eles isolaram os plebeus no lado de fora e a peste no lado de dentro, uma convidada indesejada para o baile de máscaras. O erro deles é uma lição apenas para os leitores, já que os tolos bem-nascidos da história morrem todos. Li a história, aprendi a lição. E, no entanto, aqui estou eu num castelo com muralhas e um pequeno grupo de pessoas que eu talvez descrevesse, caso me pressionassem, como esnobes dissolutos.

Foi um acidente. Cheguei aqui bem antes de os caminhões refrigerados ficarem parados ao lado do necrotério municipal, mais adiante. Quando cheguei neste país, a vida seguia mais ou menos normal. O vírus não estava perto. Eu "sentia pena" das pessoas de Wuhan e continuava com meus planos, uma escritora fazendo coisas de escritora, como visitar um castelo quando me convidaram para passar uma semana lá, com pessoas que só tinham em comum fingir que esse tipo de sinecura bizarra era algo normal. Eu trouxe o jovem Alex, que inspira partidas de luta livre entre viúvas que competem para tê-lo no brunch. A beleza dele tem um tom dissidente, órfão. Ou mais sombrio. Na verdade, ele parece muito com

Dzhokhar Tsarnaev, mas garanto que ele nunca explodiu nada, e seu único crime foi chegar mais atrasado do que seria elegante em algumas poucas ocasiões sociais.

Estávamos esperando isso passar, essa confusão de que ninguém na Terra vai escapar. No começo, para enganar nossa aflição, Alex e eu tratamos nossos colegas de castelo como uma diversão ruim. Tiramos sarro do biógrafo de Carlos Magno e do robe de "inspetor de dormitório" que ele usava no jantar e que mais parecia um pijama, da obsessão dele pelo duque de Wellington, por duelos e por todo tipo daquilo que Alex resumiu como torpor pós-Napoleônico. Zombamos do jornalista que achava que todo mundo à esquerda do centro estava no bolso de Putin, esse mítico bolso, insidioso a ponto de nos perguntarmos se nós mesmos não estaríamos nele. E ríamos do escritor norueguês pelo fato de que ele, segundo contaram, era o autor mais importante da Escandinávia, e, no entanto, ao contrário de todo mundo na Escandinávia, esse sujeito extremamente importante e famoso não falava uma palavra de inglês. Ele ficava com o restante de nós, mas contribuía apenas com um ar de atordoado alheamento, aparentemente indiferente aos irônicos gracejos anglicanos que ricocheteavam à sua volta. Jamais ríamos da esposa, que traduzia para ele, como algumas mulheres fazem mesmo para homens que falam o idioma. Ela não compartilhava nenhum pensamento próprio, essa bela mulher com um sotaque europeu indeterminado, e, em vez disso, ficava sentada no terraço, fumando e nos observando desvalorizar o ar com nossas opiniões.

À medida que caiu a ficha de que estávamos presos ali, eles se tornaram como parentes, pessoas que você não escolheu, mas que precisa amar. O hábito do biógrafo de Carlos Magno de se referir a Alex como Homo Juvenilis virou moda. Eu estava trabalhando num romance sobre os primeiros humanos, e o biógrafo me fazia perguntas toda noite sobre meus mais recentes pensamentos em relação a meu Homo Primitivus, como se estivesse falando de uma criatura que eu estava mantendo no meu quarto. Agora admirávamos a recusa do norueguês ao inglês, ao superdomínio anglofônico, como a rejeição de um monge às relações íntimas ou de um Ludita aos teares. Aceitamos o ritual do jornalista de invocar Putin durante o jantar como se alguém tivesse deixado uma cadeira vaga para Elias. Quando o biógrafo de Carlos Magno sugeriu que nos revezássemos contando histórias, e que não podiam ser histórias sobre a doença, a tristeza e a morte que atingiam essa região, e que fossem, ao invés disso, histórias felizes, nós concordamos. Essa noite era a vez do norueguês.

— Minha história é sobre um sujeito chamado Johan — o norueguês disse, e a mulher dele repetiu em inglês.

Isso foi depois do jantar, que aconteceu em uma sala pequena com uma mesa enorme, o teto baixo engordurado e escurecido pela fumaça da chaminé. O norueguês contou sua história em fragmentos, para que a esposa tivesse tempo de traduzir. Enquanto ela falava as palavras dele para nós, ele ficava com o olhar perdido, introspectivo, seu triângulo de cabelos grisalhos macios apontando em duas direções como filosofias divergentes.

— Conheci o Johan por intermédio de amigos de universidade em Oslo. Ele tinha planejado se mudar para Praga no verão de 1993. Praga, na época, atraía um certo tipo: gente como Johan, preguiçosos com diploma universitário sem aspirações concretas que falavam sobre seu desejo de "abrir um espaço literário" ou "começar uma revista", mas que basicamente ficavam sentados por aí achando que a vida não tem muito sentido. Esses tipos, que Johan ilustrava perfeitamente, eram jovens melancólicos de aparência comum, e eu devia ser um expert neles, já que eu mesmo me encaixava na definição: depressivos sem propósito, mas que, enquanto não encontravam um objetivo, dormiam tarde e liam muita crítica de cinema e teoria francesa, e ficavam pensando em mulheres inatingíveis que flamejavam no seu campo de visão. Sem conseguir se apoderar delas, esses desempregados com bastante tempo livre se sentiam vítimas de uma grande perseguição, e descontavam nas mulheres mais singelas que se mostravam mais disponíveis.

Depois de traduzir essa parte, a mulher e o marido falaram em norueguês entre si, como se tentando resolver algo sobre essa história e o que ele ia contar. Dava para ver, examinando os dois, que ele era o tipo descrito na história, desmazelado e com traços grosseiros, ao passo que a esposa tinha aquele tipo de beleza que parece inteligência, algo que ela descobriu e que mais ninguém de nós conseguiu fazê-lo.

— Esses homens que não sabiam o que fazer com suas vidas, e que só amavam as mulheres que os ignoravam brutalmente, sofriam de uma inércia generalizada que para eles era culpa de Oslo, não deles mesmos. Praga e sua abertura para o Ocidente, a empolgação com a Revolução de Veludo, com os aluguéis baratos e com uma cena boêmia que tinha mulheres superiores e mais solícitas, eram uma promessa de solução para a falta de personalidade, para o fracasso na vida. Johan tinha um amigo que dava aula em uma escola de cinema lá e que o convidou para ir e ficar. Teve uma festa de bota-fora a que eu inclusive compareci, e depois Johan partiu para a vida nova. Todos estávamos com inveja. Se ele fracassasse, seria um prazer. Se fosse bem-sucedido, talvez também nos mudássemos para Praga.

"Johan chegou ao aeroporto daquela cidade numa manhã de domingo fria e chuvosa. Quem não era residente entrou na fila, nada fora do comum. Johan estava entre eles, empolgado com esse novo capítulo, à medida que a fila avançava lentamente, de acordo com os carimbos ritmados nos passaportes. Quando chegou sua vez de apresentar o passaporte, os problemas começaram.

"O funcionário da imigração quis saber por que o passaporte de Johan estava amassado, e a foto estava danificada pela água.

"'Mesmo assim é um documento oficial', Johan explicou ao funcionário, que continuou com o rosto de aço inexpressivo, como um tanque militar. 'Só está meio gasto porque derramei alguma coisa nele faz um tempo.'

"Nas outras cabines de passaporte, os carimbos batiam e as pessoas iam passando, sem interrogatórios ou discussões, uma após a outra, enquanto Johan seguia em círculos com o agente da fronteira.

"Por fim, ele foi levado para uma salinha com uma porta reforçada que estava trancada (ele testou), e foi deixado lá por várias horas. Começou a entender, olhando para a porta branca e reforçada, que havia um punho de ferro debaixo da cortina de veludo, ou seja lá qual fosse a expressão.

"No fim da tarde, um outro homem, tão rude e frio quanto o primeiro, entrou e fez uma série de perguntas. Johan respondeu e 'tentou não ser um cretino', segundo disse mais tarde. Ele foi deixado na salinha de novo. Já era noite quando o mesmo sujeito voltou e disse que Johan não ia poder entrar no país a não ser que um representante do Consulado da Noruega estivesse disposto a intervir e a emitir um novo passaporte para ele. Johan teve permissão para fazer uma ligação para o consulado. Um telefonema, eles disseram, como se ele fosse culpado de algo. Como era domingo, o consulado estava fechado.

"Johan foi levado de volta para o longo corredor do controle de imigração. O agente informou que ele ia ficar ali até o dia seguinte. Se o consulado concordasse em ajudar, ele podia entrar. Se não, seria forçado a pegar um voo de volta para casa.

"Era tarde, e o saguão estava vazio, as cabines fechadas e escuras. Os outros viajantes tinham todos seguido rumo às realidades desconhecidas que Johan, preso nesse interstício desolador, invejava. Johan sentou numa cadeira. Estava com sede e não havia água. Ele não tinha cigarros. Estava com frio e sem casaco. Tentava 'deitar' na cadeira, com o pescoço apoiado na borda dura do encosto, pensando se dava para dormir assim, quando ouviu um estrondo.

"Do outro lado do saguão havia uma moça. Ela tinha derrubado uma grande maleta vermelha no chão. Johan viu quando ela a abriu e remexeu no que havia lá dentro. Encontrou cigarros e acendeu um. Ajoelhada no chão com o cigarro aceso na boca, a moça começou a reorganizar a maleta, seus movimentos agitados como os de alguém livre de preocupações, matando tempo. De tempos em tempos, ela levantava e andava de um lado para o outro.

"Como ela tinha tanta energia? Johan precisava concentrar a energia em sua indignação por estar detido.

"Ela acenou para ele. Ele respondeu com outro aceno. Ela caminhou até o lado do saguão em que ele estava e ofereceu um cigarro.

"De perto, ele viu que ela era areia demais para o caminhãozinho dele: em outras palavras, exatamente o seu tipo, essa moça confiante de jeans apertados e All Star branco de cano alto. Mais tarde, ele se apegou aos detalhes. A calça jeans. O cano alto.

"'Por que estão te segurando?' ela perguntou num inglês empolado.

"'Não gostaram do meu passaporte', ele disse. 'E você?'

"Ela sorriu e disse, 'Acho que dá para dizer que eles não gostaram do meu passaporte também.'

"Ele perguntou de onde ela era. A resposta, o modo como ela disse a palavra, se tornaram outro detalhe a que ele se apegou. 'Iugoslávia'.

"Johan entendeu que ela podia não ter um passaporte para eles gostarem ou deixarem de gostar, já que a Iugoslávia não existia. Tinha deixado de existir.

"Ela disse que estava tentando ir para Abu Dhabi. Johan acenou com a cabeça, sem conseguir lembrar se isso ficava nos Emirados Árabes ou no Qatar ou onde. Ele via xeiques do petróleo e mulheres como ela. Johan queria fazer perguntas, mas só conseguia pensar em Quem é você, algo que você nunca pergunta, e que ninguém tem como responder.

"Ela voltou para o lado do saguão onde estava. Ele fumou o cigarro como se inalasse o mistério dessa moça despudorada, sexy. Johan cogitava ir lá falar com ela quando agentes da aduana entraram no saguão e a abordaram. Houve uma discussão que Johan não conseguiu ouvir, a garota fazendo que sim com a cabeça, sem dizer muita coisa. Ela foi escoltada para fora, arrastando a grande maleta vermelha.

"Johan dormiu mal, sentado, na cadeira desconfortável. Quando acordou, estava amanhecendo. Chovia na pista do aeroporto, além das janelas, em torrentes cruéis."

"Os procedimentos de Johan no consulado, e o período em que ele ficou à toa em Praga não são importantes para a nossa história. Ele ficou lá por um tempo e depois voltou para casa. Johan continuou pensando naquela noite no controle de passaportes, na mulher e no tédio corajoso e casual dela. Ele se deu nota zero no modo como lidou com uma pequena amostra da autoridade repressiva ao estilo soviético. Se deu zero por não conseguir descobrir mais sobre a mulher quando teve a chance.

"De volta a Oslo, Johan foi contratado na primeira onda da indústria ponto.com, vendeu sua parte numa 'start-up' — seja lá o que isso significa — e ganhou um bom dinheiro. Ele podia pagar uma viagem e ficar sem trabalhar por um tempo. Johan decidiu ir a Abu Dhabi, para tentar encontrar a mulher.

"Ele tinha lido sobre mulheres de países pobres e devastados pela guerra que imigraram para lá por meio de acordos com pessoas más que as forçavam a se prostituir. Johan tinha certeza de que a moça que encontrou foi, deliberadamente, sabendo o que queria, para se prostituir num país enriquecido pelo petróleo. Ela ganhou proporções maiores na cabeça dele.

"Ele passou duas semanas procurando, noite após noite, nos vários prostíbulos de Abu Dhabi, em hotéis neobrutalistas com mezaninos altos e enfumaçados, estudando os rostos de mulheres que o estudavam como alvo. Ele viu mulheres saindo de elevadores e batendo saltos de sapatos em saguões de hotéis, ou paradas em salas de espera, enfeitadas e alertas. As conversas normalmente terminavam em mal-entendidos; todas as mulheres achavam que ele estava em busca de um tipo, não de uma pessoa específica. Ou faziam jogos, davam pistas falsas. Claro, sei quem é. Loira, certo? Ela vai estar aqui mais tarde. Ou então: Eu marco uma festa e você pode se encontrar com ela. Ou então: Você vai se esquecer completamente dela, confie em mim.

"Só uma vez a oferta pareceu digna de ser aceita. Uma mulher de cabelos escuros com olhos grandes e nariz torto falou com Johan de um jeito franco que ele achou crível. Eu conheço essa moça que você está falando. Ela é croata. Eu também sou croata. Ela veio para cá nessa época, verdade. Acho que ela me falou disso, de algum problema quando chegou. Sim, ela ainda está aqui.

"Naquela noite, ele foi a uma boate pequena, suja, onde a moça de nariz torto disse que ela estaria. Ela estava com outra mulher, alta e loura. O cabelo não era comprido, como ele lembrava, mas curto e oxigenado a ponto de ficar quase branco. Ele contou a história para ela, que tinha visto uma garota — talvez ela — no aeroporto tentando entrar em Praga três anos antes.

"'Não me lembro de você', ela disse. 'Mas acho que era eu.'

"'Você tinha uma maleta gigante vermelha?" ele perguntou.

"'Tinha sim.'

"Era ela, e claro que ela não ia se lembrar dele. Ela não ia carregar o peso de memórias sentimentais de um panaca como Johan. Ele se lembrava dela, e isso bastava.

"Na semana seguinte, Johan se encontrou com ela toda noite, e toda noite ele pagava pela companhia. Ele tinha planejado demonstrar seu interesse, sua sinceridade, insistindo que os dois só conversassem, se conhecessem, apesar do dinheiro que estava gastando. Mas não foi assim que aconteceu. Ela parecia preferir a troca de serviços a que estava acostumada, e Johan aceitou, talvez fácil demais. Isso o deixou culpado e confuso. Mas depois de vários dias juntos naquele arranjo forçado, algo mudou. Daria para dizer que ela pediu ajuda a ele. Ainda não consigo entender. É um mistério, mas ela se apaixonou por Johan."

Houve uma pausa na história enquanto o norueguês e a esposa falavam na língua deles. O tom da esposa foi de correção.

— Ela quer que eu admita aqui — ela traduziu para ele, falando de si mesma na terceira pessoa — que ninguém entende por que alguém se apaixona. E que minha surpresa por ela ter se apaixonado, em vez de usá-lo, provavelmente deriva de um estereótipo barato de que as mulheres eslavas depois do fim do bloco são cínicas e calculistas. Minha esposa tem razão. Eu não devia ficar surpreso de saber que a mulher tinha um coração, e que encontrou algo para amar em Johan, ainda que eu não consiga. Sou muito parecido com ele, como eu disse, e nós somos, na verdade, até certo ponto adversários. Mas continuando.

"Essa mulher se mudou para Oslo com Johan. Os primeiros meses, para ele pelo menos — não temos como falar por ela —, foram de êxtase. A pessoa com quem ele tinha fantasiado por três anos era engraçada e encantadora. Todos os amigos dele gostaram dela. Ela se adaptou fácil, e até aprendeu um pouco de norueguês.

"Mas à medida que a vida deles em comum se estabelecia, a dúvida surgia em Johan. Se ele saía sozinho, ela perguntava onde ele tinha estado. De vez em quando, os dois passavam por outras mulheres na rua e era como se uma casca se desprendesse dele, e uma parte de Johan sonhava com estranhas. Certa manhã, ela virou para o lado dele na cama e o mau hálito dela pela manhã queimou suas narinas como uma falha moral. A única coisa que ele pôde fazer foi prender a própria respiração.

"Ele começou a se irritar quando ela não conhecia uma banda, um filme. Como ele tinha passado seus vinte e poucos anos à toa, absorvendo cultura, enquanto ela fugia de um Estado falido, ele ficava impaciente com a ignorância que ela demonstrava em relação a coisas importantes para ele.

"Ela começou a querer sexo com Johan mais vezes do que ele queria com ela. O fato de que aquilo estava sempre à disposição causou uma desvalorização do sexo que ele jamais imaginou possível. Era como andar por um cômodo constantemente cheio de pilhas de comida fumegante e você simplesmente quisesse dar um tempo sem comer. Ele queria ficar um tempo sem ela.

"Johan sugeriu que ela fosse visitar a mãe, que morava em Zagreb. Foi enquanto ela estava fora que ele começou a suspeitar que ela não era, talvez nunca tivesse sido, a heroica criatura no aeroporto com os tênis brancos de cano alto. Eles também não gostam do meu passaporte. Ele foi despedaçado pela nostalgia daquela mulher. Porque essa de agora, não era ela. Mesmo que fosse ela, não era ela. Aquilo que ele tinha visto, desejado, exaltado, não era a mulher que ele tinha encontrado. Ela não era heroica. Era normal, carente, imperfeita. O relacionamento, do ponto de vista dele, tinha acabado.

"Johan era covarde demais para dizer isso pessoalmente. Quando ela voltou da casa da mãe, ele tinha deixado um bilhete. Disse que tinha ido passar uns dias fora enquanto ela decidia o que fazer e para onde ir. Johan pegou um trem para a Suécia. Ele sentou no bar de um hotel feio com suecos impertinentes e bebeu cerveja choca e sem gosto e sentiu a depressão se espalhar pelo corpo. Era inverno e o clima estava desolador. Era impossível encontrar a garota com que ele tinha sonhado. Isso o levou a mergulhar numa crise existencial. Ele olhou pela janela para o céu carregado e as árvores nuas, que tinham sacolas plásticas presas nos galhos."

O norueguês suspirou audivelmente e olhou em torno da mesa, como se esperasse uma reação. A esposa também ficou em silêncio.

Todos estávamos confusos. Acabou?

— Mas, mas, mas — o biógrafo de Carlos Magno disse — e cadê o final feliz? Essa era a regra.

— Esse é um final feliz — o norueguês respondeu em sua língua, e a esposa repetiu na nossa.

— O triste Johan bebendo cerveja choca em um bar cafona, sem amor e sozinho?

— A história é feliz para mim — o norueguês disse —, não para o Johan.

— Ah? E por quê?

— Porque eu casei com a mulher que ele estava procurando. E ela está contando essa história para vocês agora.

Todos olhamos para a mulher dele.

— Meu marido teve a diversão dele — ela disse, e bagunçou o cabelo dele, mas carinhosamente. — E amanhã será a minha vez de me divertir.

E depois disso, dissemos boa-noite.

MORNINGSIDE, DE TÉA OBREHT

Tradução de Rogerio W. Galindo

Há muito tempo, na época em que todo mundo tinha ido embora, nós morávamos numa torre chamada Morningside ao mesmo tempo que essa mulher chamada Bezi Duras — na época, ela me parecia velha, mas agora que estou me aproximando da idade que ela provavelmente tinha, começo a achar que não era.

As pessoas para quem a torre foi construída tinham todas abandonado a cidade, e os apartamentos novos ficaram vazios até alguém lá em cima perceber que ter algumas unidades ocupadas podia frear os saqueadores. Meu falecido pai dedicara um pouco de lealdade e massa cinzenta ao seu trabalho para a prefeitura e, por isso, minha mãe e eu tivemos permissão para nos mudarmos para lá por um preço bem baixo. Quando caminhávamos para casa saindo da padaria à noite, a Morningside se agigantava diante de nós com umas poucas e mirradas janelas iluminadas escorregando pelo edifício negro como notas de uma música secreta.

Minha mãe e eu morávamos no 10º andar. Bezi Duras morava no 11º. Nós sabíamos porque, às vezes, éramos pegos no elevador quando ela chamava, e tínhamos que subir e depois fazer a interminável descida com ela, e com seu cheiro forte de tabaco, e seus três cães imensos, corpulentos e negros que a arrastavam pela vizinhança ao pôr do sol.

Pequena e de traços fortes, Bezi era fonte de fascínio para todos. Ela tinha vindo para a cidade depois de uma guerra distante cujos detalhes ninguém parecia compreender ao certo, nem minha mãe. Ninguém sabia onde ela tinha conseguido tantas roupas bonitas, ou quem era o contato que a havia ajudado a conseguir um lugar na Morningside. Ela falava com os cães num idioma que ninguém entendia, e a polícia aparecia de vez em quando para ver se os cães finalmente tinham dominado e devorado Bezi, como dizem que tinham feito com um pobre coitado que tentou um assalto enquanto ela dava uma de suas caminhadas. O incidente não passava de um boato, claro, mas bastou para que o pessoal do prédio fizesse um abaixo-assinado para que ela se livrasse dos cachorros.

— Bom, isso não vai acontecer nunca — meu amigo Arlo, que morava no parque com sua arara, me disse.

— Por quê?

— Porque, meu bem, aqueles cachorros são os irmãos dela.

Eu jamais me iludi com a possibilidade de Arlo estar falando isso num sentido metafórico. Na verdade, ele tinha ouvido aquilo da arara, que ouviu pessoalmente dos cães. Eles tinham sido lindos meninos em outra época, encantadores e talentosos; mas em algum momento do trajeto de Bezi entre a terra natal dela e a nossa, a vida tornou impossível que eles continuassem acompanhando a irmã nas formas que Deus havia lhes dado. Por isso, de acordo com Arlo, Bezi fez um pacto com alguma entidade, que os transformou em cães.

— Aqueles cachorros? — eu perguntei, pensando nas papadas cobertas de baba e nos focinhos sulcados.

— Eles impressionam mesmo. Mas acho que esse é o ponto.

— Mas por quê?

— Bom, eles são mais bem tratados aqui do que muita gente, meu bem.

Eu perturbava Arlo com muita coisa, mas acreditei no que ele falou sobre os cachorros — basicamente porque eu tinha oito anos de idade e achava que a arara dele era incapaz de contar uma mentira. Além disso, havia vários indícios a favor dessa teoria. Aqueles cachorros comiam melhor do que a gente. De dois em dois dias, Bezi voltava do açougue carregada de sacolas de papel, e depois o prédio inteiro cheirava a osso assado. Ela nunca falava com os cães a não ser sussurrando, e eles andavam numa formação em V bem perto dela quando saíam do prédio toda noite, e depois disso não eram mais vistos até a manhã seguinte, quando ela vinha atrás deles apressada pela rua avermelhada pela aurora, como se poucos segundos a separassem do ponto final de sua vida. O apartamento dela, quatro andares acima, tinha a mesma planta que o nosso, e era fácil imaginar os cachorros vagando por aquele lugar cavernoso, seguindo Bezi com seus olhos amarelos, roncando sobre a lona branca que sempre imaginei cobrir o piso.

Tinha muitas coisas fáceis de deduzir que as pessoas não percebiam em Bezi. O fato de ela ser claramente uma pintora era o mais significativo. As jaquetas enfeitadas e as belas botas de couro sempre estavam respingadas de cor. A tinta escurecia suas unhas, salpicava os cílios, brilhante a ponto de ser facilmente visível da árvore de onde às vezes eu a observava do fim da quadra, e onde os cães ocasionalmente me farejavam, cercando o tronco e rosnando frustrados até que a cabeça de Bezi finalmente aparecia lá embaixo, e ela começava a me dar uma bronca naquele idioma vacilante que trouxe de casa.

— Você entende o que ela diz, né? — perguntei uma vez para minha amiga Ena, que tinha se mudado para Nova York vindo de um lugar que na minha cabeça era mais ou menos o mesmo de onde Bezi viera.

— Não — respondeu Ena com desdém. — É uma língua totalmente diferente.

— Soa familiar.

— Bom, não é.

Ena tinha se mudado com a tia para o quarto andar fazia só um ano, depois que a família passou sete meses no abrigo da quarentena, onde Ena pegou alguma doença — não aquela que suspeitavam que talvez ela tivesse, veja bem — e perdeu mais ou menos metade do peso, e por isso quando a gente andava junto pela rua, eu me sentia na obrigação de segurá-la perto de mim com uma mão para que ela não saísse voando pela colina e caísse no rio. Ela parecia não se dar conta de quanto era pequena. Era sisuda e tinha olhos verdes, e tinha aprendido a abrir fechaduras no alojamento (eu sempre achava que ela estava falando de um lugar tipo para passar férias; mas ela sempre chamava de o alojamento, e acabei entendendo que era uma coisa diferente). De qualquer modo, a capacidade dela para abrir fechaduras nos levou a partes da Morningside a que eu nunca tivera acesso antes: a piscina no subsolo, por exemplo, com seus mosaicos secos de sereias; ou o terraço, que nos deixava no mesmo nível dos parapeitos escuros do centro da cidade.

A curiosidade fazia de Ena uma cética por natureza. Ela não acreditava naquela história sobre os irmãos caninos de Bezi Duras se transformarem em homens desde o pôr do sol até o nascer do dia — nem quando apresentei todos os indícios e mostrei *O Lago dos Cisnes* para ela.

— Quem transformou eles? — ela quis saber.

— Como assim?

— Quem transformou os irmãos em cachorros para ela?

— Sei lá. Não tem gente que faz esse tipo de coisa lá de onde você vem?

Ena ficou vermelha.

— Eu já te disse, a Bezi Duras e eu não viemos do mesmo lugar.

Durante o verão todo, essa discordância foi o maior problema que houve entre nós; impossível reconciliar, porque o assunto surgia toda vez que Bezi saía pela rua para ir ao açougue.

— E se a gente entrasse no apartamento dela para ver? — Ena sugeriu uma tarde. — Não ia ser difícil.

— Mas é maluquice — eu disse —, porque a gente sabe que tem um monte de cães de guarda lá dentro.

Ena deu um sorrisinho.

— Mas se você estiver certo, eles iam ser homens, na verdade.

— Isso não ia ser pior? — Eu tinha a impressão de que homens num estado daqueles quase certamente estariam nus.

A possibilidade de arrombar o apartamento de Bezi provavelmente ia continuar sendo só uma provocação se Bezi não tivesse parado numa tarde ensolarada no muro do parque onde a gente estava sentado e lançado um olhar duro para Ena.

— Você é filha do Neven, não é? — Bezi acabou perguntando.

— Isso.

— Sabe como chamavam o teu pai lá no lugar de onde eu venho?

Ena deu de ombros de um jeito ensaiado. Nada foi capaz de abalar o jeito dela: nem o nome do pai morto, nem o que quer que Bezi tenha dito em seguida naquele idioma que eu não compreendia. Ela simplesmente ficou ali sentada com as perninhas magras contra o muro.

— Desculpe — ela disse quando Bezi finalmente parou de falar. — Eu não entendo o que você diz.

Eu provavelmente deveria saber que isso ia selar a decisão de Ena de arrombar o apartamento de Bezi. Mas eu era ingênuo, e estava meio apaixonado por ela, e eu já tinha estado lá tantas vezes nas minhas peregrinações imaginárias que não me pareceu nada de mais quando Ena apertou o botão para subir, e não para descer, no elevador na semana seguinte. Acho que eu disse, "Melhor não!" — só uma vez, quando Ena já estava abrindo a fechadura, e só porque me vi, pela primeira vez, com uma aguda percepção de que éramos apenas crianças.

O apartamento era exatamente igual ao meu: corredores ainda brancos, uma cozinha grande demais com um balcão de mármore grosso como um bolo. Seguimos o cheiro da tinta até uma sala onde devia ter havido um piano. Lá, encostada numa parede cercada por todos os lados por telas menores com cores elétricas, estava a maior pintura que eu já tinha visto. As pinceladas eram instáveis e irregulares, mas era fácil identificar a cena: uma moça atravessava uma ponte em alguma cidadezinha à beira de um rio. Em torno dela havia três espaços brancos onde a tinta parecia ter sido esfregada; presumivelmente, imaginei, era dali que os cães saíam quando assumiam forma humana.

Mas eles não estavam em sua forma humana agora. Estavam acordando de um sono profundo, levantando-se um a um naquela infalível lona respingada de tinta onde tinham dormido esparramados, tão surpresos, acho, em ver nós dois quanto nós estávamos surpresos em vê-los.

O que teria acontecido caso Bezi não tivesse voltado naquele exato momento, não sei dizer. Provavelmente íamos acabar como numa daquelas trágicas estatísticas que você lê nos jornais que ensinam o que é estar seguro e o que é não estar.

— Bom — Bezi disse. — A filha do Neven. Degenerada por natureza. Quem diria.

— Vai pro inferno — Ena retrucou em meio às lágrimas.

Minha mãe nunca descobriu, e acho que nem a mãe de Ena. Por anos, aquele momento, conhecido só por nós três, era a primeira coisa em que eu pensava ao acordar, e a última coisa em que eu pensava antes de me deitar no escuro. Eu tinha certeza de que ia revisitar aquilo todos os dias da minha vida. E por muito tempo, mesmo depois de eu sair da Morningside, foi assim mesmo. E então o tempo passou, e uma hora deixou de ser assim. De repente, eu me tocava que fazia dias que eu não pensava naquilo — o que, é claro, interrompia a série, e eu ficava aliviado de me ver de súbito mergulhado de novo naquela sala, com sua tela imensa, e os cães em volta como se estivessem esperando ser chamados de volta para o mundo de onde tinham vindo. Mas depois também isso ficou nebuloso. Virou o tipo de coisa que eu contava para pessoas com quem eu me relacionava depois de decidir que, provavelmente, elas iam passar um tempo comigo. O tipo de coisa que eu esperava que elas esquecessem quando nós nos separávamos.

Quando esbarrei com essa história no jornal, fazia anos que não pensava nisso. Uma pintora estrangeira de certo renome morreu verão passado na cidade; o problema era que o corpo não podia ser recuperado porque estava sendo protegido por um bando de rottweilers famintos, que ficavam loucos se alguém meramente encostasse na porta. Experts de toda a costa foram trazidos, mas nenhum conseguiu encontrar um comando que os cachorros obedecessem. Decidiram que iam ter que matar os cães, e um atirador corajoso foi içado em uma corda usada para lavar janelas para fazer o serviço. Mas quando olhou para dentro, ele só viu a velha mulher sem vida, deitada com as mãos cruzadas sobre uma lona ao lado de uma enorme pintura de uma princesa com três rapazes. No que exatamente ele deveria atirar?

— É muito estranho — ele disse para o repórter —, mas não há nada para eu fazer aqui. — Depois que ele guardou tudo, a polícia tentou a porta de novo; e, como era óbvio, os cachorros vieram rosnando.

No fim, mais ou menos uma semana depois disso, uma mulher que trabalhava do outro lado da cidade apareceu na delegacia.

— Eu morava lá — ela disse. — Posso ajudar. — O repórter não deu o nome dela, mas descreveu a mulher como magérrima, com enormes olhos verdes, e por isso sei que foi Ena que apareceu por lá numa noite deserta com o que tinha restado da cidade reunido no pátio lá embaixo; foi Ena que ficou do lado de fora da porta, sussurrando agrados de uma era esquecida, de algum lugar que já não existia, naquela língua que ela sempre soube que os cachorros iam entender, até ouvi-los se afastar da porta, e ela girou a maçaneta, dizendo, não se preocupem, meninos, está tudo bem, está tudo bem, está tudo bem.

TEMPO DE TELA, DE ALEJANDRO ZAMBRA

Tradução de Rogerio W. Galindo

Muitas vezes, ao longo de seus dois anos de vida, o menino tinha ouvido risos ou gritos vindos do quarto dos pais. Difícil saber como ele reagiria se um dia soubesse o que eles fazem enquanto ele dormia: ver televisão.

Ele nunca viu TV nem viu alguém vendo TV, por isso a televisão dos pais é vagamente misteriosa para ele: a tela é uma espécie de espelho que devolve um reflexo opaco, insuficiente, e que nem serve para desenhar em cima quando embaça com o vapor, embora às vezes uma camada de poeira permita brincadeiras semelhantes.

Mesmo assim, o menino não ficaria surpreso se soubesse que a tela é capaz de reproduzir imagens em movimento, pois várias vezes teve permissão para interagir com imagens de outras pessoas, geralmente localizadas em seu segundo país, porque o menino tem dois países — o país da mãe, que é o país principal dele, e o do pai, que é seu país secundário, onde seu pai não mora, mas moram seus avós paternos, que são os seres humanos que o menino frequentemente vê materializados na tela.

Ele também já viu os avós pessoalmente, porque o menino viajou duas vezes para seu país secundário. Não se lembra da primeira viagem, mas, na segunda, ele andava sozinho e falava pelos cotovelos, e essas semanas foram repletas de experiências inesquecíveis, embora o acontecimento mais memorável tenha se passado no voo para lá, umas duas horas antes da aterrissagem, quando uma tela que parecia tão inútil quanto a da TV dos pais se acendeu, e de repente surgiu um monstro vermelho amistoso que falava de si mesmo na terceira pessoa. A amizade entre o monstro e o menino foi imediata, talvez em parte porque na época o menino também se referisse a si mesmo na terceira pessoa.

Para falar a verdade, foi um encontro fortuito, porque os pais do menino não planejavam ligar a tela durante a viagem. O voo começou com um cochilo ou dois, e logo os pais abriram a maleta onde levavam sete livros e cinco bonecos zoomórficos, e boa parte do trajeto foi gasta na leitura e na imediata releitura daqueles livros, pontuados por comentários insolentes dos bonecos, que também opinavam sobre as formas das nuvens e a qualidade dos lanches. Tudo ia às mil maravilhas até o menino pedir um brinquedo que — os pais dele explicaram — tinha escolhido viajar no bagageiro do avião, e logo ele se lembrou de vários outros que — vá saber por que — tinham preferido ficar no país principal dele. Então, pela primeira vez em seis horas, o menino caiu num choro, e o choro durou um minuto inteiro, o que é pouco tempo, mas para um sujeito no assento atrás dele, pareceu bastante.

— Façam esse garoto ficar quieto! — ele vociferou.

A mãe do menino se virou e olhou para o sujeito com um desprezo sereno; depois de uma pausa muito bem executada, baixou o olhar para encarar fixamente entre as pernas dele e disse, sem o menor traço de agressividade:

— Deve ser minúsculo.

O sujeito não respondeu, talvez não tivesse como se defender de uma acusação como essa. O menino — que já tinha parado de chorar — passou para o colo da mãe, e aí foi a vez do pai, que também se ajoelhou no assento para olhar o homem, mas não o insultou, só perguntou seu nome.

— Enrique Elizalde — respondeu o homem, com o pouco de dignidade que tinha lhe restado.

— Obrigado.

— Por que você quer saber?

— Eu tenho os meus motivos.

— Quem é você?

— Não quero te dizer, mas você já vai descobrir. Logo vai saber muito bem quem sou eu. Já, já.

O pai continuou encarando por vários segundos o agora contrito ou desesperado Enrique Elizalde, e queria continuar hostilizando o homem, mas uma turbulência o forçou a afivelar de novo o cinto de segurança.

— Esse panaca acha que eu sou realmente poderoso — ele murmurou então, em inglês, que era a língua que os pais instintivamente usavam para insultar ou dizer grosserias na presença do menino.

— A gente devia pelo menos dar o nome dele para um personagem — disse a mãe.

— Boa! Todos os vilões dos meus livros vão se chamar Enrique Elizalde.

— Os meus também! Acho que a gente vai ter que começar a escrever livros com vilões — ela disse.

Foi aí que eles ligaram a tela na frente deles e puseram no programa do monstro vermelho peludo e feliz. O programa durou vinte minutos, e quando a tela ficou escura, o menino protestou, mas os pais explicaram que não tinha como repetir a presença do monstro, ele não era como os livros, que dava pra ler quantas vezes quisesse.

Durante as três semanas que eles passaram no país secundário dele, o menino perguntou sobre o monstro todo dia, e os pais disseram que ele só morava em aviões. O reencontro finalmente aconteceu no voo para casa, e durou meros vinte minutos. Dois meses depois da volta, como o menino continuava falando do monstro com certa melancolia, os pais compraram para ele uma réplica de pelúcia, que o menino viu como sendo o original. Desde então, os dois são inseparáveis, na verdade, neste exato instante o menino acaba de cair no sono abraçado com o brinquedo vermelho de pelúcia — os pais já foram para o quarto e, com certeza, logo ligarão a TV; se a coisas acontecerem da mesma maneira como têm acontecido ultimamente, é provável que essa história termine com os dois na cama vendo TV.

O pai do menino cresceu com a TV perpetuamente ligada, e, quando tinha a idade do filho, ele provavelmente ignorava o fato de que era possível até mesmo desligá-la. A mãe do menino, por outro lado, foi mantida longe da TV por uma quantidade insólita de tempo: dez anos. A versão oficial era que o sinal não chegava no bairro da periferia da cidade em que ela e a mãe moravam, e por isso a TV parecia à menina um objeto completamente inútil. Uma tarde, ela convidou para brincar em casa uma colega da escola que, sem pedir a ninguém, simplesmente colocou a TV na tomada e ligou. Não houve decepção nem crise: a menina pensou que o sinal tinha acabado de chegar, enfim, a seu bairro e correu para contar a boa nova para a mãe, que, embora fosse ateia, caiu de joelhos, ergueu as mãos para os céus, e gritou histriônica, convincente:

— MILAGRE!

Apesar desses históricos tão diferentes, a mulher que cresceu com a TV permanentemente desligada e o homem que cresceu com a TV permanentemente ligada estão totalmente de acordo que o melhor é adiar o máximo possível a exposição do filho às telas. Não são fanáticos, em todo caso, não são contra a TV, de forma alguma. Quando se conheceram, eles usavam frequentemente a estratégia banal de se encontrar para ver filmes como pretexto para fazer sexo. Mais tarde, no período que poderia ser considerado como a pré-história do menino, eles sucumbiram ao feitiço de muitas séries excelentes. E nunca viram tanta TV quanto nos meses que antecederam o nascimento do filho, cuja via intrauterina não foi marcada por sinfonias de Mozart ou por canções de ninar, mas sim pela música tema de séries sobre lutas sanguinárias pelo poder em uma era antiga não especificada de zumbis e dragões, ou no espaçoso palácio governamental do autodenominado "líder do mundo livre".

Quando o menino nasceu, a experiência televisiva do casal mudou radicalmente. No fim do dia, a exaustão física e mental deles só permitia trinta ou no máximo quarenta minutos de concentração decrescente e, por isso, quase sem perceber, eles baixaram seus padrões e se tornaram espectadores habituais de séries medíocres. Ainda queriam mergulhar em reinos insondáveis e viver vicariamente por meio de experiências desafiadoras e complexas que os forçavam a repensar seriamente seu lugar no mundo, mas era para isso que serviam os livros que eles liam durante o dia; à noite, eles queriam riso fácil, diálogos engraçados e roteiros que garantissem a triste satisfação de entender sem o mínimo esforço.

Algum dia, talvez daqui a dois anos, eles gostariam de passar as tardes de sábado ou domingo vendo filmes com o menino, e, inclusive, de vez em quando, atualizam uma lista do que querem ver em família. Mas, por enquanto, a TV fica relegada àquela hora final do dia quando o menino dorme e a mãe e o pai voltam a ser, momentânea e simplesmente, ela e ele. Ela está na cama olhando para o celular, e ele, deitado de barriga para cima no chão como se estivesse descansando depois de uma série de abdominais — de repente, ele levanta e deita na cama também, e vai pegar o controle remoto, mas muda de direção e, em vez disso, pega o cortador de unhas e começa a cortar as unhas das mãos. Ela olha para ele e pensa que ultimamente ele está sempre cortando as unhas das mãos.

— Podem ser meses de confinamento. Ele vai ficar entediado — ela diz.

— Pode passear com o cachorro, mas não com as crianças — ele replica, com amargor.

— Tenho certeza de que ele não gosta disso. Não se percebe, parece que está feliz, mas deve estar sendo horrível para ele. O que será que ele entende?

— O mesmo que a gente.

— E o que a gente entende? — ela pergunta, no tom de um aluno que revisa a lição antes da prova. É quase como se ela tivesse perguntado: O que é fotossíntese?

— Que a gente não pode sair porque tem um vírus de merda. Só isso.

— Que aquilo que antes era permitido agora é proibido. E que o que antes era proibido continua estando proibido.

— Ele sente falta do parque, da livraria, dos museus. Igual a gente.

— O zoológico — ela diz. — Ele não fala, mas reclama mais, fica mais irritado. Não fica irritado o tempo todo, mas é mais frequente.

— Mas não sente falta da escolinha, nem um pouco — ele diz.

— Espero que sejam só dois ou três meses. Mas, e se for mais? Um ano inteiro?

— Acho que não — ele responde. Ele queria soar mais convicto.

— E se esse for o nosso mundo de agora em diante? E se depois desse vírus tiver outro e, logo mais, outro? — ela pergunta, mas ele também podia perguntar, com as mesmas palavras e a mesma entonação ansiosa.

Durante o dia, eles se revezam, um cuida do filho enquanto o outro trabalha, eles precisam de tempo para trabalhar, porque estão atrasados com tudo, e embora todo mundo esteja com tudo atrasado, eles têm certeza que os dois estão mais atrasados do que os outros. Deviam discutir, competir para ver quem tem o trabalho mais urgente e mais bem pago, mas, em vez disso, ambos se oferecem para cuidar do menino em tempo integral, porque aquela metade do dia com ele é um intervalo de felicidade verdadeira, de riso genuíno, de fuga purificadora — eles iam preferir passar o dia inteiro jogando bola no corredor ou desenhando criaturas involuntariamente monstruosas no pedacinho de parede que usam de quadro-negro, ou tocando violão enquanto o menino gira as tarraxas para desafinar o instrumento ou lendo histórias que eles agora acham perfeitas, muito melhores do que os livros que eles mesmos escrevem, ou tentam escrever. Mesmo se só tivessem uma dessas histórias infantis, eles iam preferir ler o livro o dia inteiro, sem parar, a ter de sentar em frente a seus computadores, com as notícias horríveis do rádio como pano de fundo, para responder tardiamente e-mails cheios de pedidos de desculpas pelos atrasos e olhar para o estúpido mapa que registra em tempo real a proliferação de contágios e mortes — ele olha, especialmente, para o país secundário do filho, que obviamente continua sendo o país primário dele, e pensa nos pais e imagina que, nas horas ou dias que se passaram desde que ele falou com os dois pela última vez, eles se contagiaram e que nunca mais vai vê-los, e então ele liga de novo para os pais e esses telefonemas o deixam destruído, mas ele não diz nada, pelo menos não para ela, que passa semanas afundada numa lenta e imperfeita ansiedade que a faz pensar se devia aprender a bordar, ou pelo menos se devia parar de ler os livros belos e desesperados que ela lê, e ela também pensa que, em vez de escrever, teria sido bom se dedicar a outra coisa; eles concordam com isso, os dois, os dois pensam isso, conversaram sobre o assunto vezes demais, porque já sentiram vezes demais, toda vez que tentam escrever, a irrefutável futilidade de cada palavra escrita.

— Vamos deixar que ele veja filmes — ela diz. — Por que não? Só aos domingos.

— Pelo menos aí a gente ia saber se é segunda ou quinta ou domingo — ele comenta.

— Que dia é hoje?

— Acho que é terça.

— Amanhã a gente decide — ela diz.

Ele termina de cortar as unhas e olha para as mãos com satisfação incerta, ou talvez como se tivesse acabado de cortar as unhas de outra pessoa, ou como se estivesse olhando as unhas de outra pessoa, de alguém que acabou de cortar as próprias unhas e que estivesse pedindo para ele, por algum motivo — talvez tenha se tornado um expert, uma autoridade no assunto —, sua aprovação ou uma opinião.

— Elas estão crescendo mais rápido — ele diz.

— Você não tinha cortado ontem de noite?

— Por isso que eu te digo, estão crescendo mais rápido. — Ele fala isso muito sério, num tom meio grave, meio científico. — Toda noite, olho e parece que elas cresceram durante o dia. Numa velocidade anormal.

— Parece que é bom que as unhas cresçam rápido. Dizem que elas crescem mais rápido na praia — ela comenta, parecendo que está tentando se lembrar de alguma coisa, talvez da sensação de acordar na praia com o sol no rosto.

— Mas é que as minhas são um recorde.

— As minhas também estão crescendo mais rápido — ela diz, sorrindo. — Mais rápido que as suas, até. Meio-dia elas já são quase garras. E eu corto e elas crescem de novo.

— Acho que as minhas crescem mais rápido que as suas.

— Não mesmo.

Então eles erguem as mãos e juntam as duas como se realmente pudessem ver as unhas crescendo, como se desse para comparar as velocidades, e algo que devia ser uma cena rápida se alonga, porque eles se deixam capturar pela absurda ilusão da competição silenciosa, bela e inútil, que dura tanto a ponto de fazer até mesmo o mais paciente espectador desligar a TV indignado. Mas não tem ninguém vendo, embora a tela da TV seja como uma câmera que grava seus corpos suspensos naquela pose estranha e curiosa. Uma babá eletrônica amplifica a respiração do menino, e esse é o único som que acompanha a competição das mãos deles, das unhas, uma competição que dura vários minutos, mas claro que não o suficiente para que alguém vença, e que acaba, por fim, com a desejada explosão de um riso caloroso e franco de que eles tanto precisavam.

O JEITO QUE A GENTE BRINCAVA, DE DINAW MENGESTU

Tradução de Rogerio W. Galindo

Antes do vírus chegar, meu tio dirigia o táxi dele de dez a doze horas por dia, seis dias por semana, como fazia havia quase duas décadas. Ele continuou fazendo isso, embora todo mês tivesse cada vez menos clientes e às vezes passasse horas à toa em frente a um dos hotéis de luxo perto do Capitólio esperando uma corrida. Meu tio continuava morando no mesmo apartamento desde que chegou nos Estados Unidos, em 1978, e quando telefonei para perguntar como estava, ele disse, mais achando divertido do que alarmado, que até agora não tinha pensado na possibilidade de que um dia podia morrer naquele prédio.

— Por que não dizem isso quando você assina o contrato de aluguel? Se você tiver mais de setenta anos, devia estar lá, bem no alto. "Cuidado. Esse pode ser o último lugar em que você vai morar."

Garanti que não existia o risco de ele morrer, embora nós dois soubéssemos que não era verdade. Ele estava com setenta e dois anos e, toda manhã antes de entrar no táxi, subia e descia os doze andares do prédio para aquecer os músculos antes de trabalhar.

— Você é o sujeito mais forte que eu conheço — eu disse para ele. — Ia ter que ser um vírus extraterrestre para te derrubar.

Antes de desligar, falei que ia pegar o carro e sair de Nova York para vê-lo. Era 12 de março de 2020 e o vírus estava prestes a sitiar a cidade.

— Vamos passar no mercado — eu disse. — E lotar o seu freezer para você poder ficar envelhecendo e engordando até o vírus sumir. — Saí de Nova York cedo na manhã seguinte e já peguei as estradas entre Nova York e a capital cheias de SUVs. Na única visita que fez a Nova York, meu tio me perguntou o que acontecia com todos os carros enterrados no subsolo em estacionamentos caros espalhados pela cidade. Antes de comprar o próprio táxi, ele trabalhou por quinze anos num estacionamento a três quadras da Casa Branca, e sempre dizia que jamais ia entender por que os americanos gastavam tanto dinheiro para estacionar carros que nunca dirigiam. Enquanto passava minha primeira hora no trânsito, pensei em ligar e dizer que eu finalmente tinha descoberto a resposta para a pergunta dele. Apesar de toda a conversa sobre o otimismo americano, estávamos obcecados com o apocalipse, e aqueles grandes carros vazios que agora lotavam todas as quatro pistas da rodovia simplesmente estavam esperando a explosão certa para cair na estrada.

Quando finalmente cheguei ao apartamento do meu tio, num subúrbio perto da capital, ele estava sentado em um dos bancos de concreto em frente ao prédio, as palmas das mãos juntas e os dois cotovelos nos joelhos. Fez sinal com as mãos para que eu ficasse onde estava e entrou no táxi dele, que estava estacionado poucos metros atrás de mim. Ele me mandou uma mensagem no celular.

— Estacione. Eu dirijo.

Nós nos cumprimentamos meio desajeitados, com três tapinhas nos ombros em vez do costumeiro beijo no rosto. Fazia seis, quem sabe sete meses que não nos víamos, e pelo menos uma década desde que entrei no táxi dele pela última vez. Enquanto nos afastávamos do prédio, ele disse que esse passeio lembrava um jogo que a gente costumava jogar quando eu era criança e ele me levava com minha mãe até o mercado.

— Você se lembra disso? — ele me perguntou. — De como a gente brincava?

Viramos numa rodovia de quatro pistas ladeada por shoppings e lojas de carros que não existiam quando eu era adolescente. Por algum motivo, parecia exagero responder à pergunta do meu tio com algo simples como, claro que eu me lembro desses jogos. Muitas vezes, eram a minha parte favorita da semana. Em vez disso, fiz que sim com a cabeça e reclamei do trânsito que aumentava à nossa frente. Meu tio passou a mão afetuosamente pela minha nuca e depois ligou o taxímetro. Era assim que os jogos que fazíamos no táxi dele sempre começavam, com um toque no taxímetro e ele se virando para o banco de trás para me perguntar:

— Para onde gostaria de ir, senhor?

Ao longo dos poucos meses em que jogamos esse jogo, nunca repetimos o mesmo lugar. Começamos perto — o Monumento a Washington, os museus ao longo do National Mall —, mas rapidamente expandimos para destinos cada vez mais remotos: o Oceano Pacífico, a Disney World e a Disneylândia, o Monte Rushmore e o Parque Nacional Yellowstone, e depois que aprendi mais sobre história e geografia do mundo, Egito e a Grande Muralha da China, seguidos pelo Big Ben e pelo Coliseu, em Roma.

— A sua mãe ficava brava comigo por não falar para você escolher a Etiópia — ele comentou. — Ela me dizia, "se ele vai imaginar alguma coisa, que imagine o país de onde veio". Eu tentava dizer para ela que você era criança. Você nasceu nos Estados Unidos. Você não tinha um país. A sua única lealdade era com a gente.

O sinal à nossa frente ficou vermelho e depois verde três vezes antes de finalmente nos movermos, um ritmo que em geral teria enfurecido meu tio, que admitia nunca ter sido bom em ficar parado. Da última vez que jogamos esse jogo, meu tio discutiu com minha mãe sobre a futilidade de nossas aventuras fictícias.

— A gente não tem condições de levar ele a lugar nenhum — ele disse. — Então deixe que veja o mundo do banco de trás do táxi.

A última viagem que fizemos foi para a Austrália, e minha mãe deixou desde que a gente nunca mais fizesse esse jogo quando ela estivesse no carro. Depois que concordamos com as condições dela, meu tio ligou o taxímetro e, nos quinze minutos seguintes, eu disse a ele tudo que sabia sobre a paisagem e a vida selvagem da Austrália. Continuei falando mesmo depois da gente ter chegado ao mercado e da minha mãe me mandar descer do carro. Eu não estava preparado para ver minha viagem acabar num estacionamento, e por isso meu tio fez um gesto para minha mãe se afastar para que eu continuasse falando.

— Me diga tudo que você sabe sobre a Austrália — ele pediu, bem no momento em que uma profunda exaustão recaiu sobre mim. Tirei meus sapatos e estiquei as pernas. Dobrei as pernas debaixo do corpo enquanto ele colocava um grosso mapa rodoviário que tinha tirado do porta-luvas debaixo da minha cabeça para meu rosto não grudar nos bancos de vinil.

— Durma — ele me disse. — A Austrália é bem longe. Você deve estar cansado por causa do fuso horário.

Pensei em perguntar para o meu tio o que ele lembrava da nossa última viagem, se é que lembrava algo, quando estávamos perto do mercado. Ele estava concentrado em tentar virar à direita para entrar num estacionamento que já estava lotado de carros e com o que pareciam ser meia dúzia de viaturas de polícia atravessadas perto da entrada. Faltavam umas poucas centenas de metros, mas, levando em conta a fila de carros e a multidão crescente esperando do lado de fora com carrinhos na mão, parecia cada vez menos provável que a gente entrasse antes que tivessem levado tudo que havia nas prateleiras.

Devemos ter levado uns vinte minutos para fazer aquela última curva e entrar no estacionamento, uma pequena vitória que meu tio comemorou dando dois toques no taxímetro com o indicador para que eu pudesse ver quanto a corrida tinha dado.

— Finalmente — ele disse. — Depois de todos esses anos nos Estados Unidos, estou rico.

Avançamos lentamente até a parte dos fundos do estacionamento, onde parecia mais provável que desse para encontrar um lugar para parar. Quando isso não funcionou, meu tio passou por cima de um gramado e entrou no estacionamento de um restaurante ao lado que tinha placas na parede indicando que as vagas eram exclusivas para clientes. Esperei que ele desligasse o motor, mas ele manteve as duas mãos no volante, o corpo ligeiramente inclinado para a frente como se estivesse se preparando para sair dirigindo de novo, mas não soubesse qual direção tomar. Pensei por um momento que tinha entendido qual era o problema.

— Você não precisa entrar no mercado — eu disse. — Pode esperar aqui e me pegar quando eu sair.

Ele se virou para me ver. Foi a primeira vez que nós olhamos direto nos olhos um do outro desde que entrei no táxi.

— Não quero esperar num estacionamento — ele disse. — Faço isso todo dia.

— Então o que você quer?

Ele desligou o taxímetro, e depois o carro, mas deixou a chave na ignição.

— Quero voltar para casa — ele respondeu. — Quero que alguém me diga como sair daqui.

LINHA 19 WOODSTOCK/GLISAN, DE KAREN RUSSELL

Tradução de Luisa Geisler

Aconteceu que nem as pessoas costumam dizer: o tempo realmente parou. A ambulância desceu estridente rumo ao ônibus da Linha 19, cruzando a ponte Burnside pela contramão. Olhando à direita, olhando à esquerda, verificando de novo — Valerie sabia dos muitos pontos cegos do seu ônibus. Mas a ambulância havia aparecido do nada, brotado da neblina mais cerrada que ela tinha visto na vida. Maior, mais próxima e mais e mais devagar, a ambulância avançava. O tempo se estendeu como uma bala de caramelo esticando. Até mesmo as sirenes pareciam piscar trôpegas. Valerie demorou meio século para virar o volante, e então era tarde demais: estavam presos.

Valerie era uma motorista excelente. Em catorze anos, havia apenas duas ocorrências registradas em seu histórico, ambas bobagens injustas. Sua mãe, Tamara, com 72 anos e se recuperando de um derrame, estava em casa com Teak, o filho de quinze anos de Val. Teak colecionava *bongs* de maconha, as edições limitadas; Vovó acumulava bombons Reese's Peanut Butter Cups. A mãe andara tossindo na última semana. Ela deve ficar em casa até ter febre, o médico lhe havia dito. Até?

— Meça a temperatura de Vovó — ela sussurrou para Teak antes de sair. E para a mãe, o mais alto que pôde: — Os doces dele não são enriquecidos com "vitaminas", Mãe.

O ônibus dela estava com menos de 1/3 da capacidade na noite do acidente. O número semanal de passageiros havia caído 63% desde fevereiro. Adolescentes ainda andavam, espontâneos e cheios de tesão, tratando o ônibus municipal como se fosse o Expresso do Amasso — a explicação de Teak. (Ele havia soado um pouco enciumado, ela pensou. O garoto era um solitário, como ela.) Valerie havia ficado de olho nos fundos, em duas garotas com cara de bebê que tinham tirado as máscaras para se pegar. Elas não tinham uma pulsão pela morte; tinham um fetiche por uma vida tão extrema que as levava ao mesmo resultado. Você não conseguiria convencer essas garotas de que elas estavam vulneráveis a qualquer ameaça que não fosse pior do que a inevitável solidão.

— Ei, Julietas — a voz de Val havia soado rouca atrás de sua máscara. — Podem parar.

— Sou eu quem controla o contágio dela— respondeu a que tinha cabelo azul, lambendo o pescoço da sua queridinha. Valerie não se juntou nas risadas.

— Só não saiam lambendo minhas barras...

Valerie chamava os passageiros dos horários noturnos do "Clube do Último Ônibus". Em qualquer noite de semana, ela veria oito ou dez rostos familiares. A COVID havia mudado a demografia do Clube do Último Ônibus — agora, a maioria de seus passageiros eram pessoas para quem "estado de emergência" era uma condição crônica. Passageiros como Marla, que não tinha carro e precisava de remédios, absorventes, comida. Marla havia subido pela rampa com a cadeira de rodas na parada da rua Chávez, uma sacola de farmácia encharcada no colo.

— Sorte sua — Valerie havia dito, ajoelhando-se para prender a cadeira de Marla. — Novas regras. Não podemos ter um ônibus lotado.

Ponto positivo, Val se preocupava menos com homicídios veiculares. O vírus tinha esvaziado as ruas. Muito menos pedestres vagando que nem zumbis, saindo de calçadas. Irmã! Tira esses fones de ouvido! Ciclistas: será que é inteligente se vestir desse jeito espalhafatoso?

Alguns dos colegas chamavam os passageiros de "manada", mas ela nunca curtiu o rótulo. Se ela amava seus passageiros? Do jeito que alguns dos motoristas antigos dizia que amava os passageiros habituais?

— Eu amo são os benefícios — ela disse a Freddie. Trabalhava naquele emprego porque era o salário por hora mais alto que ela conseguia ganhar para Teak. — Você está juntando para se aposentar? Eu estou juntando para quando tiver uma embolia — ela brincou.

— Quantas pessoas boas você acha que tem no mundo? — Freddie havia perguntado a ela na salinha de intervalo. Ela respondeu sem hesitar:

— Vinte por cento delas. Em algumas noites, onze.

Ônibus mijado. Incêndio no ponto. Tagarela Estridente. Cachorro de rua entre a Rex e a 32ª avenida. Alguém jogando pedras quando ônibus passa. O clima. Possível passageiro com COVID. Mesmo antes do acidente parar o Tempo, havia sido uma semana e tanto.

Muitos tubarões nadando com peixes nessa vida. Com alguns dos seus passageiros de sempre, ela se importava — homens gentis como Ben, que só queriam sair da chuva gelada, Marla em sua cadeira de rodas pintadas com tinta spray, tricotando "asas de dragão" em crochê vermelho para seu neto. Sem pagamento em dinheiro no momento e, nessa noites, ela não se incomodava em pressionar as pessoas que estivessem sem o vale-transporte.

Na estação de ônibus, ela ganhava um saquinho Ziploc com uma única máscara descartável e oito lencinhos desinfetantes. Comprava o seu próprio desinfetante, passava por tudo. Para se proteger, Freddie havia colocado uma cortina de chuveiro de uma loja de tudo por um dólar, até os chefes mandarem tirar.

Mais cedo naquela noite, Val havia ignorado um presságio. Aconteceu no caminho da avenida Powell: dúzias de bares e antiquários fechados, cada um como uma tia excêntrica, bangalôs desgrenhados, jardins, batentes e aros descuidados. Ela quase gritou quando desviou da bicicleta infantil atirada no meio da rua. Os faróis lançaram luz na sua forma retorcida. Fitas espalhadas dos guidões, rodinhas auxiliares com travas finas como dedos. Seu coração estava nove xícaras de café acelerado. Ninguém ali. Ninguém ferido. O ônibus rugiu e seguiu. Reduzida no espelho lateral, a bicicleta se tornou uma manchinha indiferente, diminuindo como a própria infância. Seus batimentos acalmaram, e ela voltou a suas preocupações costumeiras.

A biografia de um bom motorista é composta de milhares de páginas de dia-tranquilo-sem-ocorrência e não-foi--ocorrência-por-pouco. Valerie via essas sombras como bênçãos.

Mas agora, ao que parece, ela tinha ficado sem sorte. Vagamente, estava ciente dos passageiros gritando atrás de si. Valerie se segurou para uma colisão que não aconteceu. O que diabos estava acontecendo? O motorista de ambulância, parecia formular com a boca a mesma pergunta, mas com mais palavrões. Era como se estivessem presos em algum tipo de massa invisível. Dois rostos jovens e assustados entraram em foco, definindo-se como filme na bandeja para revelação. O ônibus foi para a frente mais um centímetro antes de parar com um estremecimento sobrenatural, a uma respiração da grade dianteira da ambulância. Valerie esperou por uma onda de alívio que nunca veio. Sem necessidade, usou o freio de emergência. O relógio havia congelado às 20h48. Ela saltou para fora.

— Valerie.

— Yvonne.

— Danny.

Com solenidade, cumprimentaram-se com um aperto de mão na ponte.

— Não havia ninguém na rua na noite de hoje — disse Danny, o motorista. Ele tinha unhas bem-feitas e pintadas de preto, uma camisa engomada de primeiro-socorrista. Seu rosto branco parecia esverdeado sob os faróis. — Eu não me dei conta de que estava na mão errada. Tanta neblina e o degelador anda horrível...

Com o canto do olho, ela estava ciente do que não estava vendo: faróis que eram mariposas correndo na descida do Naito, o rio amplo girando suas geometrias rumo ao Pacífico. Nada ao redor deles se movia. A escuridão cobria a ponte.

— Eu só quero voltar para a estrada — Valerie disse. Não poderia se dar ao luxo de outra ocorrência. Elas ficavam no registro de forma permanente, e se você reclamasse da injustiça, era outra ocorrência contra você.

— Ah, meu Deus — disse Yvonne, a paramédica no banco do carona. Uma mulher negra com óculos de aros transparentes e grandes olhos cor de âmbar, talvez uns poucos anos mais velha que Teak. Era surpreendente para Valerie que essas pessoas jovens conseguissem deixá-la constrangida com seus cabelos grisalhos. E também que fosse possível sentir essa vaidade com o próprio cabelo, quando se está cara a cara com a eternidade. — Peço desculpas. O aperto de mãos não foi intencional.

Valerie assentiu com a cabeça, grata pela própria máscara. Ela também tinha esquecido. Estava apavorada de passar o vírus para a mãe. Vovó tinha um sorriso de pelicano àquela altura, o lado direito paralisado. Ela se preocupava com o fato de que aquilo a deixava com uma cara de brava, mas Teak garantiu à avó que ela já tinha uma cara furiosa pra caramba antes do derrame. Só ele conseguia trazer o sorriso aos seus olhos.

— Foi a coisa mais apavorante — Yvonne disse. — Você estava vindo na nossa direção cada vez mais devagar...

— Eu estava indo na direção de vocês?

— E então tudo... parou...

Todos eles encararam a ambulância silenciosa, então se voltaram juntos para o ônibus. Os passageiros de Valerie estavam gesticulando atrás das sobrancelhas arqueadas que os limpadores de para-brisas formavam. Pareciam abalados, mas ilesos.

Algo muito estranho havia acontecido com o mundo externo. O rio Willamette havia parado de correr; parecia glacial e escultural sob as grades de proteção. Barras de luz apareciam e desapareciam além dos cavaletes da ponte, a profundeza da água. Violeta, marrom, o mais claro dos verdes. Como se a lua estivesse jogando cartas, lançando cores de forma aleatória.

Valerie voltou para dentro da cabine do ônibus. Chamou o despachante.

— 1902. Tive um acidente na ponte Burnside. Acho que estou presa entre mundos. Ou talvez morta. — Parecia que o despachante não conseguia mais ouvi-la. — 1902 aqui, na ponte, vocês me escutam? — Então sussurrou: — Me ajudem.

Ela não esperava uma resposta de fato. O que a surpreendeu foi a velocidade com a qual sua confusão se transformou em horror, seu horror em uma resignação estupefata. A Linha 19 havia se perdido no Tempo.

Valerie não se via como uma pessoa graciosa. Tinha pés chatos e asma. Dirigia um ônibus de 12 metros e 20 toneladas. E ainda assim, sua mente deu um salto olímpico para o pior cenário possível: eu talvez nunca volte para eles.

Ela engoliu em seco um sabor de pavor que lhe era completamente novo. Será que as coisas poderiam acabar dessa forma, o ônibus simplesmente escorregando da mesa e para dentro de um beco sem saída do espaço-tempo, como uma bola de sinuca afundando no buraco errado?

As pessoas estavam mandando mensagens de texto em frenesi, dedilhando monólogos histéricos em seus telefones.

Ela sentiu uma pontada de nostalgia pelas inquietações das 20h47. O Tagarela Estridente era um problema que ela entendia.

— Noite quieta — ela murmurou no receptor morto.

Pânico engolido. Silvo baixo.

— Todo mundo pra fora!

Valerie e Yvonne decidiram sair à procura de ajuda. Sem se virar, Valerie conseguia sentir os outros as seguindo. Quando chegaram à ambulância, Valerie se sentia adentrando uma tempestade. Curvada, ela se forçou para a frente até não conseguir avançar mais. Valerie se virou para ver metade de seus passageiros com dificuldades na direção oposta, dando passos como se numa aula de tai-chi-chuan através de uma névoa que engrossava. Eles se pareciam com árvores, levantando as raízes devagar, e então se replantando.

— Você parece chapada falando assim, Mãe! — Teak diria, se ela algum dia o visse de novo.

Com um grito, ela correu para a parede secreta, catapultando os punhos no ar. Conseguiu chegar 3 metros além da ambulância. Suas pernas lutavam com uma pressão esmagadora, os braços achatando no seu corpo.

— Será que a gente realmente deveria chamar isso de "o acidente"? — Danny estava perguntando, um pouco na defensiva. — Nada aconteceu... — Ele gesticulou para a ambulância, com o capô não-amassado e seus vidros não-quebrados, os airbags não-ativados e assentos não-sangrentos.

— Você está de brincadeira? O Tempo parou! — ela disse.

Um dos passageiros de sempre, Humberto, "Bertie" no seu crachá, tinha um relógio analógico, e ele mostrou a ela que o ponteiro dos minutos havia parado, as engrenagens minúsculas congeladas.

— É falso — ele dissera, envergonhado e agitado. — Quero dizer, mostra que horas são, mas não é de ouro de verdade. — Ele o balançou com raiva, e então com um grito o lançou sobre a balaustrada. Uma queda de quase 25 metros. A noite o engoliu por completo, e Valerie se perguntou se, em algum momento, aquilo chegou à água.

— Ei, cuidado! Dois metros, cara!

— Ah, desculpa. — Mesmo tão perto da meia-noite, era possível ouvir as pessoas corando.

Ben, que sofria de delírios paranoicos, parecia curiosamente sanguinário.

— Olha, eu tenho um pouco de frango apimentado aqui. Pra gente não morrer de fome. — Ele abriu um baldinho, ofereceu para as pessoas. Não havia nada dentro.

— A gente morreu, a gente morreu — dizia a jovem mãe em seu hijab dourado, e começou a chorar.

Era Fatima, uma enfermeira obstétrica e integrante do Clube do Último Ônibus fazia três anos. Fazia os turnos noturnos no hospital. Seu filho estava nos braços da avó, em Montavilla, do outro lado daquele rio escuro, esperando ser buscado.

— Ah, eu tenho que buscar meu neném...

— Todo mundo tem que ir pra algum lugar, dona. Você não é especial.

— Não todo mundo — Ben disse com suavidade.

Valerie reexaminou a frase para Fatima.

— Ele tem razão. Você não está sozinha. Meu menino está me esperando também.

E então deixaram os fantasmas saírem de seus corpos, em um suspiro. Lindos espectros, chamando-os do outro lado da ponte.

— Minha noiva está grávida...

— Meu irmão doente...

— Preciso dar comida pra Genevieve, minha jacaré...

Danny limpou a garganta.

— Sei que não é uma competição. Não estou tentando superar ninguém aqui. Mas nós fomos mandados pra ajudar uma mulher que estava tendo um derrame na banheira...

Isso não foi bem-recebido pelos passageiros da Valerie.

— Bem, você deveria ter pensado nisso antes de tentar nos forçar pra fora da estrada!

— Ou fica de um lado ou fica do outro, filho.

— De preferência não o lado que vem na nossa cara, na próxima.

— Se vocês todos são motoristas tão bons assim — Danny explodiu —, por que estavam andando *de ônibus*?

Foi bom ouvi-los reclamar, na verdade. Era uma canção que Valerie conhecia de cor, a balada do passageiro descontente. Seu ônibus havia quebrado muitas, muitas vezes. Dois pneus furados na Flavel, um julho de calor infernal. Problemas elétricos do outro lado da rua da Pioneer Square. Ninguém nunca dizia, Ah, está tudo bem, Val, eu não me importo de esperar uma hora a mais para chegar aonde tenho que ir.

Essa era uma crise sem precedentes. Mas, aqui, ao menos, havia um sentimento familiar. Nenhum reforço estava a caminho para ajudá-los. Todas as nove pessoas ali teriam de arranjar uma solução à força, Valerie anunciou.

Agora o humor no Clube do Último Ônibus mudou. Todos queriam ajudar, um desejo que surgiu e rachou em cem ações minúsculas. Humberto olhou sob o capô. A garota de cabelo azul se enfiou entre os pneus traseiros, à procura de pistas. Yvonne e Danny tentaram fazer ligação direta no relógio da ambulância. Foi o peso desses pequenos esforços que começaram a se multiplicar, reconduzindo o momento, desprendendo-o da lama cósmica? Ou foi o plano de parto de Fatima?

— Ouçam aqui. Não sei por que não pensei nisso antes. Estamos presos em um cânion entre 20h48 e 20h49. Isso acontece às vezes durante partos. E o medo encerra tudo.

O ônibus parecia estar esperando, com toda a paciência do mundo, ser esmagado contra a defesa da ponte. Fatima explicou como fazia parto de bebês sentados, como os fazia virar. Ela queria que eles tentassem suas técnicas com o 19.

— Danny, quero que você fique atrás do ônibus. Humberto, não force o pescoço desse jeito, me deixa ajeitar você...

Fatima insistia em manter a segurança. Eles se espalharam por toda a extensão do ônibus. A coisa mais importante, Fatima dizia, era cantar. Era um truque antigo, ela explicou, para acelerar um parto.

— Isso, abre a boca, a garganta... tudo. — Ela desenhou um S no ar, apontando dos lábios para as estrelas. — Algo está emperrado. Não entendo por que isso aconteceu. Mas sei como recomeçar um parto estagnado.

O que mais podiam fazer? O Clube do Último Ônibus seguiu as instruções. Cantaram com ela. Duas inspirações rápidas, uma expiração do diafragma. Cantaram a canção sem palavras dos animais, uma pressão crescente que você conseguia sentir no ar carregado e escorregadio. A ponte começou a vibrar de forma sutil; depois de alguns compassos da canção, começou a gemer. Os pulmões e braços das pessoas estavam queimando, mas o ônibus não cedia. Danny e Humberto e Ben e Marla e Yvonne e Valerie e Fatima e as Julietas exalavam como se fossem um só, fazendo força contra o veículo. Fatima sorriu e apontou. De forma quase imperceptível, os pneus começaram a girar.

Força! Força!

Um banho de faíscas. Pequenos moicanos laranja de chamas em esteiras azuis.

Fatima se voltou para Danny e Yvonne:

— Por que vocês dois não voltam pra dentro da ambulância?

— Eu não quero morrer! — Danny gritou.

— Dê ré no veículo — Fatima falou com gentileza.

Ela e Yvonne trocaram um olhar.

— Noite longa — Yvonne disse apenas com os lábios, sem fazer som.

Mais tarde, haveria tempo de sobra para discordar; metade deles seguiria dizendo que o Tempo teria apenas descongelado sozinho; suas ações não tiveram nada a ver com aquilo. Outros teriam certeza que um esforço muscular conjunto os havia salvado. Mas que músculos haviam causado isso? O canto, ou o empurrar?

— Todo mundo de volta pros seus lugares! Exatamente como estavam! — Foi Marla, uma apaixonada por orquídeas, quem fez a sugestão. "Estivação" era uma palavra para pétalas e sépalas arrumadas em uma simetria justa dentro de um botão. Eles canalizariam a energia de uma flor empurrando solo adentro. O Clube do Último Ônibus cantou junto no fundo do ônibus, como se fosse uma excursão escolar num acostamento dantesco. Valerie virou a cabeça para trás e uivou. Enfim, a chave de ignição trouxe o motor à vida.

E então os pneus guincharam e giraram, uma aceleração de revirar o estômago. A névoa se abriu, revelando água se movendo. Um falcão atravessou o céu. Uma estrela descia no céu. A ambulância deu ré e acelerou para a próxima emergência. Sombras recém-nascidas se solidificaram na superfície do rio. Uma dessas começou a nadar, um pouco morosa, atrás da Linha 19. A bordo, as amantes adolescentes ainda estavam cantando, em alegria extática, muito desafinadas. Peixinhos nadando sob a ponte cruzaram o casco achatado do reflexo do ônibus na água.

Valerie diminuiu a velocidade na Burnside sob uma lua que refletia como celofane. O relógio clicou e mudou para 20h49. Presságios se escondem no enredo de um dia, uma vida, esperando para ser rememorados. Val se lembrou da bicicleta minúscula. Em algum lugar, uma criança dormia, sangue vermelho circulando em seu corpo e nada perto da estrada.

Parecia quase um pé dormente recuperando a vida.

Conforme ela dirigia, constelações de momentos começaram a atravessar o corpo de Val como num caleidoscópio, doloroso e afiado — sua mãe deitada no chão, a faca branca do parto de Teak, Freddie rindo lágrimas em café fervente, o cheiro de borracha fumegante, seus anos de vida em bobinas, como se fossem um circuito. Agora ela conseguia ver as luzes reais de sua cidade: as salas aureoladas dos condomínios, os barcos esqueléticos no porto. Parques para acampamento e hotéis vazios, borboleteando ao redor do rio. O mundo que haviam deixado era o único ao que haviam retornado: trêmulo, molhado de chuva, exuberante, vivo.

Do outro lado da ponte, todos eles se manteriam em contato? Mandariam cartões de Natal? Formariam um grupo de conversa? Pouco provável. Valerie já conseguia sentir que se segregavam de novo. De hora em hora e salário. Os que iam para parte sul da cidade, os que iam para norte. Pessoas com empregos e casas e destinos, e pessoas como Ben. Algumas se esqueceriam assim que atravessassem o rio, enquanto outras ficariam permanentemente assombradas. E ainda assim, haviam compartilhado um pesadelo. Uma fuga miraculosa. Valerie freou, esperando pelo semáforo. Ela veria Ben no seu caminho no dia seguinte, em sua viagem sem fim no carrossel do ponto na Gateway até o do Mount Scott. Talvez eles pudessem falar a respeito, de trás de suas máscaras. O sinal ficou verde. Ela já começava a duvidar.

SE DESEJOS FOSSEM CAVALOS, DE DAVID MITCHELL

Tradução de Luisa Geisler

— Sem vista pro mar? Por novecentos contos por semana? Ah, o TripAdvisor vai ouvir essa história…

Ela ri pelo nariz.

— Pelo lado positivo, Vossa Alteza, você tem a cobertura inteira só pra você. Jacuzzi. Sauna. Minibar. — Ela digita o código, passa o cartão e a luz de LED brilha em verde. — Um lar fora do lar. — Engrenagens estalam e a porta destrava. Cela padrão pântano, dois por quatro. Cagatório. Mesa. Cadeira. Armário. Janelas sujas. Já vi melhor. Já vi pior.

A porta se fecha atrás de mim — revelando o beliche com algum imbecil deitado na cama de cima. É um árabe, indiano, asiático, qualquer coisa. Não está contente de me ver assim como eu não estou contente de vê-lo. Bato na porta.

— Ei! Guarda! Tem gente na cela!

Nada.

— Guarda!

A criatura imbecil já seguiu em frente.

A previsão pra hoje: céu carregado, o dia todo.

Largo a mochila na cama.

— Ótimo. — Olho pro cara asiático. Ele não tem aquele olhar de Rottweiler, mas a essa altura nunca se sabe. Acho que é muçulmano. — Acabei de vir de Wandsworth — digo pra ele. — Deveria ficar de quarentena. Um por cela. Meu companheiro de cela teve o vírus.

— Testei positivo — o Asiático diz — em Belmarsh.

Belmarsh é uma prisão Categoria A. Acho que... Terrorismo?

— Não — o Asiático se adianta. — Não sou do ISIS, nem simpatizante. Não, não rezo pra Meca. Não, não tenho quatro esposas e dez filhos.

Não dá pra negar que tinha pensado.

— Cê não parece mal.

— Assintomático. — Ele tiquetaqueia. Não sei bem o que quer dizer. — Tenho o anticorpo, então não fico doente, mas tenho o vírus e sou contagioso. Você realmente não deveria ter sido mandado pra cá.

Ah, pronto. Clássica cagada do Ministério da Justiça. Tem um botão pra chamadas de emergência, então o pressiono.

— Me falaram que os guardas aqui cortam os fios — Asiático diz. — Qualquer coisa por um pouco de sossego.

Eu acredito.

— Deve ser tarde demais agora, de qualquer forma. Tipo, em termos de vírus.

Ele acende um cigarro enrolado à mão.

— Cê pode ter razão.

— Feliz aniversário pra mim, caralho.

Água desce por um cano.

— É seu aniversário? — ele pergunta.

— Só jeito de falar.

Dia 2. Pogo Hoggins, com quem fiquei preso em Wandsworth, roncava como um jato Harrier. Zam, o cara asiático, é uma dessas pessoas que dormem em silêncio, e eu acordo num estado até que bom. Quando abrem a escotilha no chão, pra passar a bandeja do café da manhã com uma caixinha, já estou de joelhos pra chamar a atenção do sujeito.

— Ei, parceiro.

Volta um "Quê?" cansado pra cacete.

— Pra começar, tem duas pessoas presas aqui.

Eu vejo um tênis Nike, uma canela e uma roda de carrinho.

— Não na minha tabela. — Um Cara Negro Grande, pelo som.

Zam se junta a mim na abertura.

— Sua tabela está errada, como você pode ouvir. E a gente deveria estar em isolamento, em celas separadas.

Negro Grande bloqueia a abertura com o pé. Ela fica fechada por tempo suficiente para eu pedir uma segunda bandeja de café da manhã.

— É, boa tentativa. — Ele bate a escotilha e fecha.

— Come você — diz Zam. — Estou sem fome.

A caixinha tem a figura de um porco, com um balãozinho de texto em que se lê: "Duas suculentas linguiças de porco!"

— O quê, é porque você não pode comer carne de porco?

— Eu como muito pouco. É um dos meus superpoderes.

Então eu devoro a única linguiça. Não é suculenta, e não é de porco. Ofereço as bolachas água e sal e iogurte vencido pra Zam. Mais uma vez, ele diz que não. Não precisa repetir.

A previsão pra hoje: nublado, com momentos de céu claro.

A televisão é um lixo detonado, mas hoje ela pega um pouco do Channel 5. *Casos familiares com Ricki Pickett.* Deve ser um episódio repetido: a audiência toda está enfiada no estúdio, respirando os germes uns dos outros. O programa de hoje é: *Mamãe está na idade da loba e pegou meu namorado.* Eu costumava ver o Ricki Pickett com a Kylie quando ela estava grávida de Gemma. Costumava achar engraçado ver todos aqueles lixos tristes arrancando os cabelos uns dos outros, rosnando e choramingando. Mas agora não. Até mesmo os mais tristes, mais pobres, mais sofridos têm o que eu não tenho. Eles nem sabem.

Dia 3. Me sinto mal. Tosse ruim. Pedi pro Negro Grande chamar o médico. Ele disse que ia me botar na lista, mas mesmo assim nos passou somente um café da manhã e um almoço. Zam me mandou comer. Disse que eu precisava me manter forte. Não saí da minha cela nenhuma vez. Nada de exercício no sol. Nem chuveiro. Achei que a quarentena ia ser moleza, mas é ruim que nem a solitária. A televisão pegou por meia hora de noticiário da ITV. Primeiro-Ministro Cuzão Mentalmente Atrasado diz: "Fiquem alertas!" Presidente Gênio Totalmente Estável diz: "Bebam desinfetante!" Metade dos Estados Unidos ainda acha que ele é um Presente de Deus. Que lugar. Teve uma matéria sobre como celebridades estão lidando com o confinamento. Eu não sabia se ria ou chorava. Então a televisão deu pau. Fiz umas flexões, mas a tosse voltou. Não tô sufocando só pela falta de ar. Vou pedir pro Negro Grande me arranjar um bagulho. A gente paga em dobro pra pagar fiado, mas uma necessidade é uma necessidade. O almoço foi sopa de carne daquelas de pó. Sopa de vômito, deviam chamar. Botei pra dentro e vi um rato na beira da pia. Um desgraçado marrom enorme. Poderia comer um dedão.

— Tá vendo o Dom Ratão? Acha que é dono disso tudo.

— Ele é — Zam disse — de diversas formas.

Joguei o tênis nele. Errei.

Só quando levantei, o Dom Ratão correu pra dentro dum buraco debaixo da privada. Enfiei umas páginas do jornal *Daily Mail* pra fechar.

Toda aquela aventura me cansou.

Fechei os olhos e fui deslizando pra baixo.

A previsão pra hoje: nublado; pancadas de chuva à noite.

Pensei em Gemma, na última vez que Kylie a trouxe a Wandsworth. Ela tinha cinco anos na época. Tem sete agora. Do lado de fora, o tempo é rápido e lento. Dentro, é lento. Fatalmente. Gemma trouxe pra Wandsworth o novo *My Little Poney* que Kylie comprou pra ela no aniversário e disse que eu tinha dado. Na verdade, era um pônei *My Little*

Pony falsificado de uma loja de usados, mas a Gemma não sabia. Ela deu o nome de Blueberry Dash. Disse que, em geral, era um bom pônei, mas um pouco mal comportado, porque fazia xixi na banheira.

— As coisas que crianças inventam, hein? — Zam disse.

Dia 4. O charlatão disse:

— Sr. Wilcox, sou dr. Wong.

Vi olhos chineses sobre sua máscara. Minha garganta doía, mas ele tinha deixado a bola quicando:

— Eu preferia ser tratado pelo dr. Bong.

— Se eu ganhasse uma moeda a cada vez que ouço isso, estaria na minha mansão nas ilhas Cayman. — Ele parecia gente boa. Tirou a temperatura com um treco de orelha. Verificou o pulso. Tirou uma amostra de dentro da minha narina. — Os testes ainda são, infelizmente, bastante circunstanciais, mas estou achando que você é positivo.

— Então eu vou pra uma clínica cheia de enfermeiras gostosas?

— Metade das enfermeiras gostosas está de dispensa por estar doente, e a clínica está lotada. Assim como a ala em espera. Se você está apenas desconfortável, é melhor aguentar aqui mesmo. Pode acreditar.

A previsão pra hoje: instável pelo resto do dia.

Eu estava ouvindo dum jeito esquisito. Quando Zam perguntou sobre o hospital especial pra pacientes de COVID na parte leste de Londres, a voz dele parecia vir de muito longe.

— Não estão recebendo prisioneiros — dr. Wong me contou.

Aquilo me emputeceu.

— Eles têm medo que eu arranque o ventilador e venda na internet? Ou é só porque nós, convidados da hospitalidade de Vossa Majestade, não merecemos viver tanto quanto as outras pessoas?

Dr. Wong deu de ombros. Nós dois sabíamos a resposta. Me deu seis Paracetamol, seis Salbutamol e uma garrafinha de codeína.

Zam disse que ia se certificar que eu seguisse as instruções.

— Boa sorte — dr. Wong disse. — Volto em breve.

Então eu e Zam ficamos sozinhos de novo.

Água desce por um cano.

Fique alerta. Beba desinfetante.

Seis linguiças gordas, estalando na frigideira. Conto pra Kylie do meu pesadelo doido de cadeia. Com o apartamento na Laverty, cadeia, Zam, ela, Gemma e Steven. Deus, parecia tão real. Kylie riu.

— Lukey, pobrezinho... Eu nem conheço um Stevens.

Então caminho com Gemma pra escola até a área de Gilbert's End. Verde-claros, verdes vivos. Sol no meu rosto. Cavalos correndo pelas margens que nem no *Red Dead Redemption*. Conto pra Gemma como também estudei na Saint Gabriel, uma vez. O ano que fiquei com meu tio Ross e a tia Dawn bem aqui, em Black Swan Green. O Sr. Pratley ainda é o diretor. Não envelheceu nada. Ele me agradece por aceitar o convite. Falo pra ele que Saint Gabriel ainda é a única escola que frequentei que não se resumia a uma política de ou você é um valentão, ou vão ser valentões com você. Logo em seguida, estou na minha sala de aula antiga. Meus primos Robbie e Em estão aqui. Além de Joey Drinkwater. Sakura Yew.

— Faz trinta anos desde que o coronavírus mudou nosso mundo — sr. Pratley diz —, mas Luke se lembra como se fosse ontem. Não é isso, Luke?

Todos os olhos em mim. Então o vírus agora é uma aula de história. E eu tenho cinquenta e cinco anos de idade. O tempo voa do lado de fora. Em seguida, vejo ele. No fundo. Braços cruzados. Ele é Ele, eu sou Eu. Numa relação Sem Nome, nós dois. Marca de tiro no seu pescoço, abrindo e fechando como alguma boca de válvula debaixo d'água como num documentário do David Attenborough. Eu conheço o rosto dele melhor que o meu. Congelado. Ciente. Triste. Mudo. É a cara que ele tinha quando sangrou no sofá no apartamento em Laverty. Metade da garganta estava faltando. A arma era dele. A gente estava brigando por ela. Bang. Queria pra caralho que não tivesse acontecido. Mas se desejos fossem cavalos, mendigos cavalgariam. Eu acordo. Doente como um cachorro. Arrependido pra cacete. Mais três anos para que o comitê da condicional ao menos olhe a minha ficha. Dia 5 da quarentena. A tempestade está se aproximando. Trovões. Por que tenho que acordar? Por quê? Dia após dia após dia. Não dá pra fazer mais isso. Simplesmente não dá, porra.

★ ★ ★

Dia 6. Acho. Vendavais. Raios entrecortando. Meu corpo é um saco pra cadáver. Lotado de dor, brita quente e eu. Três passos até o cagatório e agora chega. Dói. Respirar dói. Não respirar dói. Tudo dói pra caralho. É noite, não dia. Noite 7. Noite 8? Zam diz que estou desidratado. Ele me faz tomar água. Zam deve usar o vaso enquanto eu durmo. Cuidadoso. Pogo Hoggins cagava de manhã, tarde e noite. Dom Ratão chegou à bandeja de café da manhã antes de mim. Comeu o papelão da caixa até mordiscar a linguiça. Eu não tinha fome, mas ainda assim. Podia morrer aqui e ninguém nem ia saber até acabar a pandemia. Dom Ratão saberia. Dom Ratão e seus amigos famintos. Se eu morrer aqui, o que Gemma vai lembrar de mim? Crânio de skinhead magrelo em pijama da prisão, chorando na sua foto de Mamãe, Papai, Gemma e Blueberry Dash. É só dar uns anos, e até isso vai sumir. Vou ser um nome. Um rosto num telefone que vai ser deletado um dia. Um esqueleto no armário da cozinha. O criminoso da família. Drogas e homicídio. Boa. As fotos de família futuras de Gemma serão ela, sua mãe, Steven e o irmão mais novo. Não o "meio-irmão". "Irmão." E quer saber?

— O quê? — Zam me dá codeína. — Bebe.

Engulo.

— É melhor pra Gemma que ela me esqueça.

— Por que cê acha isso?

— Quem tá dando comida pra ela? Roupa? Esquentando ela no inverno? Comprando o castelo do *My Little*

Pony? O Steven cidadão-modelo. Steven Gerente de Projetos. Steven Estudos de Gestão.

— É mesmo, Luke Estudos de Autopiedade?

— Eu daria um soco em você se pudesse levantar o braço.

— Me considere socado. Mas Gemma não tem direito de opinar?

— Da próxima vez que ela me vir, eu vou ter mais de trinta anos.

— Ancião. — Zam é mais velho. Não consigo decifrar a idade.

— Se, se eu tiver sorte, vou estar trabalhando como escravo numa mineradora pra Amazon. É mais provável que vá estar pedindo dinheiro na saída do mercado até acabar aqui de volta. Por que é que Gemma, ou qualquer filha, iria querer dizer "ele é meu pai"? "Como posso competir com Steven?

— Não. Se concentra em ser Luke.

— Luke é um bosta fracassado, viciado e sem-teto.

— Luke é um monte de coisas. Seja a melhor delas.

— Cê tá parecendo um jurado do *X Factor*.

— Isso é bom ou ruim?

— É fácil. Cê fala bonito, Zam. Tem uma conta no banco. Estudo. Pessoas. Redes de proteção. Quando sair, cê vai ter opções. Quando eu sair, vou ter o dinheiro da assistência, os vinte e oito contos e… — Fecho os olhos. Aqui está o apartamento na Laverty. Aqui está o cara que vai sempre estar morto. Morto. Por minha causa.

— O que a gente fez não é quem nós somos, Luke.

Meu cérebro é um peso pluma preso numa jaula com o Hulk. E ele segue esmurrando.

— O que você é, Zam? Uma porra dum vigário?

Nunca tinha ouvido ele rir até aquele momento.

— Bom dia, sr. Wilcox. — Olhos chineses. Uma máscara.

Febre aliviou.

— Dr. Bong.

— Ilhas Cayman, lá vamos nós. Ainda aqui?

A previsão pra hoje: céu claro, seco.

— Não morri ainda. Me sinto bem. Graças ao Enfermeiro Zam.

— Bom. Quem é Sam?

— Zam. Com *zê*. — Aponto pra cama de cima no beliche.

— Nós estamos falando de... um poder superior? Do diretor da prisão?

Eu fico chocado, ele fica chocado.

— Não. Zam. Meu colega.

— Um colega de cela? Aqui? Na quarentena?

— Agora tá meio tarde pra todo esse espanto, doutor. Cê conheceu ele da última vez. O asiático. — Eu grito pra cima. — Zam! Aparece aí.

Zam fica na dele. Dr. Wong parece tonto.

Eu não teria permitido dois ocupantes numa única cela na ala de quarentena.

— Sinto que cê já permitiu a porcaria, doutor.

— Eu teria notado uma terceira pessoa aqui. Não é um lugar exatamente farto de esconderijos.

Água desce por um cano.

Eu chamo por Zam.

— Zam, será que dá pra cê vir aqui falar pra ele?

Meu colega de cela não responde. Dormindo? Uma pegadinha?

Dr. Wong parece preocupado.

— Luke, você teve acesso a drogas de natureza mais recreativa do que as que eu prescrevi? Não contarei aos guardas. Mas, como seu médico, preciso saber.

— Isso não tem graça, Zam... — Então eu levanto e fico em pé e encontro a cama vazia de Zam, sem lençol nem nada.

SISTEMAS, DE CHARLES YU

Tradução de Luisa Geisler

As pessoas precisam umas das outras. Gostam de estar perto umas das outras. Gostam de tocar umas às outras.

Pesquisam coisas:

Harry e meghan
hary e megan Canadá
resoluções de ano novo
quanto tempo resoluções de ano novo

Gostam de estar com suas famílias. Gostam de estar com estranhos. Trabalham em espaços apertados. As pessoas se amontoam em cubículos, expelem o ar por aí. Dormem em caixas. Precisam umas das outras. As pessoas se tocam, umas às outras. As pessoas se movem pelo mundo. Em todos os lugares do mundo. Que nem nós.

Pesquisam coisas:

Harry e William
meghan e kate
Meghan e Kate briga
foto NFC playoff

As pessoas se perguntam:
　eu deveria ter medo
　quanto medo eu deveria ter

As pessoas se perguntam: o que é coronavírus... corona vírus o que que é. Ideias festa Oscar. Discurso do presidente. Discurso do presidente a que horas. Super Bowl apostas. Acompanhamento pra nachos super apimentado. Acompanhamento nachos menos apimentado. As pessoas se perguntam se deveriam estar com medo, mas elas já estão.

As pessoas têm padrões. Finais de semana. Planos pro verão. Têm seu jeito de fazer as coisas. Elas não veem como abrir mão disso.

Têm fraquezas. As pessoas precisam umas das outras. Gostam de estar umas perto das outras. Fazem ruídos. Abrem suas bocas e expelem ao redor de si e fazem ruídos umas para as outras. Ha ha ha é um ruído. Obrigado é um ruído. Você viu aquela história sobre meghan e harry também é um ruído.

As pessoas têm sistemas. Sistemas têm pressão. Pressão para crescer. Aproveitar mais as coisas. Mais e mais e mais.

Entram nas caixas de ar, e nessas caixas há caixas menores e caixas menores e muitas pessoas rastejam para dentro de uma caixa e sentam ali e compartilham o ar.

Os movimentos parecem aleatórios de início, mas estude esses movimentos e ficará claro que os sistemas têm padrões. Luz do sol os tira de suas caixinhas, elas se movem juntas em correntes. Correntes maciças, às vezes viajando bastante longe de suas caixas natais para pontos de distribuição ou centros onde se reúnem em caixas grandes. Correntes no chão. Elas também são capazes de viagem aérea. Elas se separam e dividem trabalho. O trabalho serve para gerar mais. Mais e mais e mais. O dia inteiro elas se separam em grupos, então formam novos grupos. Ar é expelido. Há contato. Sob a luz da lua, elas vão em correntes de volta às suas caixas ou outras caixas.

Quando fica mais quente, passam menos tempo em caixas. Quando é mais frio, aquecem suas caixas. Elas seguem ciclos de terra e lua e sol. A maior parte delas vive por muitos ciclos.

Pesquisam coisas: ideias primeiro encontro. Bar de tapas. Tapas centro da cidade. Wuhan. Onde Wuhan. Sushi perto de mim. Como saber se ele tem interesse. Como saber se ela tem interesse. Como saber bom primeiro encontro. Ideias segundo encontro. Itália. Lombardia Itália. Vírus chinês. Trump vírus chinês. Coronavírus versus gripe. Covid nem tão ruim assim.

Pesquisam coisas: por que dizem que coronavírus nem tão ruim assim. Fonte notícia confiável. Fauci. Credenciais Fauci. Fauci gif mão na cara. Fauci bonito. Fauci casado.

As pessoas se dividem em grupos. Dizem: alguns de nós são eles, e alguns de nós somos nós. As pessoas nem sempre dizem a verdade. Espalham coisas elas mesmas. Mais e mais e mais.

As pessoas se perguntam:
    quem inventou coronavírus
    OMS inventou coronavírus

Pesquisam coisas: Governador. Lockdown.

Mudam seus padrões.

Pesquisam sobre:
    como medir dois metros

As pessoas se perguntam: Zoom o que é. Como usar Zoom. Notas escolares. Minhas notas contam?

Pesquisam. Procuram padrões. Reúnem dados. Buscam padrões nos dados, e então fazem algo inesperado: mudam seus próprios padrões. Sem movimento em correnteza para caixas grandes. Os pontos de distribuição esvaziam. As correntes acabam. A migração aérea acaba. Eles ficam parados em caixas pequenas.

As pessoas se perguntam: Chromebook barato. Zoom custa dinheiro? Criança entediada. Atividades criança chateada.

Agradecimento professor. Estima professor. Cebolinha crescer. Cebolinha cresce que velocidade. Fórmula quadrática. Seno cosseno tangente. Como ter esperança para crianças. Como parecer ter esperança para crianças. Confinamento quanto tempo mais. O que dizer crianças.

Os mais velhos delas ficam sentados sozinhos em caixas. Encarando caixas menores. Os seus mais velhos têm dificuldade com ar.

Encontram padrões, mas alguns deles precisam encontrar mais padrões.

Mostrando resultados para: coronavírus

Pesquisam, em vez disso, sobre: coronavírus conspiração

As pessoas se perguntam: como cortar cabelo. Como consertar cabelo criança. Chapéus para criança.

As mais novas buscam: entrevista com astronauta. Tour virtual museu. Quando a escola volta. O Coisa contra Hulk quem ganha. Hulk contra Thor sem martelo quem ganha. Hulk e Coisa contra Thor bêbado quem ganha. Coronavírus real. Coronavírus crianças. Ideia dia das mães. Presentes pra mãe. Presentes pra fazer pra mãe sem dinheiro. Todos os Homens-Aranha contra Hulk quem ganha.

Precisam umas das outras, gostam umas das outras. Sentem falta umas das outras.

As pessoas se perguntam:

gatos podem ficar deprimidos

Pesquisam sobre:

Doação ONG. ONG perto de mim.

O que é pandemia. O que é dispensa. Como manter crianças seguras. Como manter idosos seguros. Idade idoso. Sou idoso?

O que é

Como fazer pra

Tem problema se

Eu posso

Números. Números pra cima. Números crescendo.

Quanto tempo antes sintomas coronavírus? Tem vacina pra coronavírus? Como evito coronavírus? Como coronavírus começou? O vírus está piorando? O que é saúde mental? Como saber se estou deprimido? Qual delivery comida é mais seguro?

Pesquisam sobre:

Indicadores fim pagamento

o que significa sem salário mas não desemprego

telefone central desemprego

quando vamos abrir Lexington

quando vamos reabrir Flint

quando podemos reabrir Bowling Green

Quando fica mais quente, as pessoas mudam seus padrões de novo. Elas são sensíveis à temperatura e passam menos tempo em suas caixas.

Muitas delas morrem. Quando morrem, param de expelir ar. Quando morrem, não pesquisam mais sobre coisas.

O clima muda e seus padrões mudam de novo. Por ficarem paradas em caixas por muitos ciclos, começam a emergir. Algumas delas têm fome.

Algumas delas têm fome. Recomeçam o sistema. Devagar, as correntes retornam. A pressão aumenta. Mais e mais e mais. Fazem comida. Algumas delas têm comida demais. Algumas delas compartilham comida com outras. Algumas delas fazem fila para comida.

Pesquisam sobre: gato ainda deprimido
estamos num mercado em baixa
o que é mercado em baixa
como receber assistência imposto salário
o que é lei marcial
como decreto isolamento social
cidades mais seguras pra viver

O que se considera uma febre. O que se considera tosse seca. O que se considera essencial.

O que está aberto agora. O que é a lei marcial. Como fazer álcool gel em casa. Como costurar máscara facial. Camiseta como máscara. Cueca como máscara. O que é N95. Como baixar febre. Morar sozinho. E se eu estiver sozinho.

Têm subgrupos. Os subgrupos são virtualmente indistinguíveis. Geneticamente. Possuem sinais invisíveis que ajudam os membros de um subgrupo a identificar parceiros membros. As pessoas se dividem. Elas dizem: alguns de nós somos nós, e alguns de nós são eles.

As pessoas têm fraquezas.

Algumas delas são agressivas. Algumas delas estão confusas. Algumas delas têm memórias curtas. Algumas delas não conseguem mudar seus padrões. Possuem sistemas. Sistemas de ar. De informação. De ideias.

Algumas gostam de respirar como um direito próprio.

Algumas delas não conseguem respirar e dizem *I can't breathe,* não consigo respirar.

Algumas delas mandam sinais com informações incorretas a respeito do meio ambiente.

Informações incorretas se espalham rápido pela população.

Informações incorretas podem ser transmitidas pela boca ou olhos.

Esses sinais confundem algumas delas.

Outras delas nos estudam.

Sabem o que somos: não exatamente vivos. Informação. Invisível.

Possuem sinais invisíveis.

Falam umas com as outras. Expelem ar. Precisam umas das outras, gostam umas das outras. Sentem falta umas das outras. Pensam umas nas outras.

Elas subordinam forças invisíveis. Eletromagnetismo. Luz. São como nós. Possuem códigos. Códigos de sequências simbólicas. Elas codificam informação e a espalham.

Podem estar em caixas pequenas e sinalizar umas para as outras em códigos e coordenar suas ações. Podem ser uma única e muitas em uma de alguma forma. Têm partículas, têm transmissão, têm poderes mágicos. Podem se comunicar atravessando o tempo e espaço.

Têm ciência.

Sabem:

Cerca de 8% do genoma humano é DNA viral.

Sabem que nunca vamos nos separar. Não há subgrupos. Não há nós e eles.

Pesquisam sobre:

onde fica protesto

seguro protesto

como protestar

Elas entendem:

Comunidade é como se contagia.

Comunidade é como se resolve.

As pessoas vão continuar. Emergir de suas caixas em caixas em caixas rumo à luz do sol. Ciclos retornando. Transmitirão mensagens umas para as outras. Algumas delas ficarão confusas. Algumas delas compartilharão comida. Farão mais e mais e mais. Algumas delas vão morrer. Algumas delas passarão fome. Algumas delas ficarão sozinhas.

Os sistemas serão os sistemas. Mas algumas delas podem mudá-los. Reconstrui-los. Criar padrões novos. As pessoas se reunirão novamente em centros, voarão de novo, vão se reunir aos milhares e vão expelir ar umas nas outras, ha ha ha e outros ruídos que fazem umas às outras para sinalizar coisas invisíveis.

Algumas coisas não vão mudar. As pessoas vão precisar umas das outras. Gostar umas das outras. Sentir falta umas das outras. Terão fraquezas. E forças. As pessoas se perguntam: Harry e Meghan e agora. Harry e Meghan o que vai acontecer.

O COMPANHEIRO DE VIAGEM PERFEITO, DE PAOLO GIORDANO

Tradução de Luisa Geisler

A abstinência começou com a chegada de Michele.

Michele é o filho de minha esposa. Não moramos juntos já faz quatro anos agora, desde que ele se mudou para Milão para a faculdade, e Mavi e eu nos mudamos para um apartamento menor, feito sob medida para duas pessoas.

Quando as coisas começaram a ficar bastante ruins no norte, Michele me ligou. Estou chegando hoje à noite, ele disse.

Por quê?

Milão não é segura.

Mas os trens devem estar lotados. E muito caros.

Trens também não são seguros. Vou de carona.

Eu argumentei que um trem infectado ainda era preferível a seis horas no carro de algum estranho.

O motorista tem uma avaliação muito boa no aplicativo, ele disse.

Algumas horas antes do horário que eu deveria buscá-lo, deitei ao lado de Mavi. Eu disse: tenho medo de ter esquecido como viver nós três juntos.

Eu não, infelizmente, ela respondeu. Pode apagar as luzes?

Mas eu estava nervoso. E não podia deixá-la ficar. Nós transamos, e acabou quase de imediato. O ar na casa tinha uma densidade diferente. Eu sentia uma espécie de pressão.

Deve ser a ansiedade, eu disse quando voltei do banheiro.

Mavi parecia ter pegado no sono.

Sim, deve ser a ansiedade, eu repeti. Por causa da epidemia e tudo o mais.

A mão dela se moveu com delicadeza em meu antebraço. Eu a mantive ali por um tempo, então me arrumei para sair.

Esperei por Michele no local em que havíamos combinado, um estacionamento vazio afastado de Roma, bem depois de um desvio. Ervas daninhas nas rachaduras do asfalto e olhares de pessoas que estavam no bar, provavelmente porque eu estava sentado no carro fazia mais de meia hora. Às três da madrugada.

Eu estava me lembrando de outros momentos similares, de quando Michele tinha 9, 10, 11 anos. Mavi e o ex-marido sempre escolhiam lugares infelizes como esse para sua troca de reféns. Estacionamento de shoppings, trevos de estradas. Eu ficava sentado no carro fingindo que não estava ali. Mavi e Michele entravam, e ninguém dizia nada até chegarmos em casa. Eu escolhia a música com cuidado, nada muito triste nem alegre demais. Nunca parecia se encaixar na situação.

Observei Michele tirar uma mala imensa do porta-malas. Será que ele estava planejando ficar tanto tempo assim? O motorista saiu, assim como uma moça com um cachorro pequeno. Eles se despediram de forma amistosa.

Poucos minutos depois, já no carro, Michele estava reclamando dela, ela os havia forçado a fazer um desvio sem sentido perto de Bolonha e não tinha contado a ninguém sobre o cachorro. E se ele fosse alérgico?

Mas Michele não é alérgico a cachorros. Ele é alérgico a gatos. Quando eu o levei para conhecer meus pais, ele se recusou a botar um pé dentro da casa, insistindo que o pelo de gato causaria uma crise de asma.

Depois das queixas, ele ficou em silêncio por um tempo. Ficou estudando a escuridão da cidade fora da janela do carro. Por fim, ele disse:

Você não vê mais nenhum deles na rua, hein?

Quem?

Os chineses.

Quando ele tinha 9, 10, 11 anos, Michele se recusava a usar talheres comprados na Ikea, porque, ele dizia, eram feitos na China. Nós nunca havíamos conseguido desfazer aquela associação entre China e Ikea. Desistimos, no fim das contas; Mavi desistiu, de qualquer forma. Ela comprou uma caixa para o uso pessoal dele, um conjunto que dizia "Made in Italy".

Talvez não estejam na rua porque já é tarde da noite, eu disse.

Mas ele insistiu: você tem que admitir que eu tinha razão a respeito deles. Admita.

Eu não admiti. Segui espiando as maos dele em vez disso, mantendo a atenção em todas as superfícies do carro em que ele tocava.

Acabei deixando escapar: você desinfetou as mãos?

É claro.

Então, como se em resposta ao meu protesto interior contra sua presença, ele acrescentou: eu tenho a maior nota possível no aplicativo de carona. Como passageiro. Aparentemente, sou o companheiro de viagem perfeito.

Poucos dias depois, a Itália era uma zona vermelha gigantesca. Não se podia mais viajar entre regiões, nem um passo além de 200 metros de distância da própria casa. Todo mundo, não importando onde estivessem naquele momento, tinha que ficar confinado, inclusive Michele. Estávamos presos.

Quando voltei do mercado, disse a Mavi: consegui cheirar meu próprio hálito dentro da máscara; está fedendo um pouco.

Ela continuou folheando a revista.

Talvez seja a falta de sol, eu disse. Vitamina D baixa, sabe?

Michele atravessou a cozinha sem camisa. Eu queria pedir para que ele se vestisse, dizer que eu não gostava de vê-lo caminhar por ali daquela forma, mas nunca era uma boa ideia falar com ele logo que acordava, então não fiz nada.

Ele aparentava ser maior do que eu. Seu corpo parecia ocupar muito espaço. Então me lembrei de ter o mesmo pensamento muitos anos antes, quando ele tinha um terço do tamanho e me odiava daquela forma clara, direta com que toda criança saudável odeia o padrasto.

Assim que a porta do banheiro fechou, eu me voltei para Mavi: viu aquilo? Ele está com minhas meias.

Eu dei para ele. Ele não tem nenhuma mais fina.

Mas eu gosto daquelas meias.

Ela me olhou de um jeito estranho: você gosta daquelas meias?

Eu gosto. Um pouco.

Não se preocupe, elas são laváveis.

Apesar de meus esforços, eu estava irritado. Por causa do meu hálito e por causa das minhas meias, apesar de não ter certeza de com qual me importava mais. Ou talvez porque Mavi e eu não tivéssemos nos tocado desde a chegada de Michele. Eu não tinha nem certeza de qual era o maior fator em nosso distanciamento: Michele, a epidemia, ou aquela última tentativa desastrosa na noite de sua chegada. À noite, eu encarava as costas da minha esposa sob a luz fraca do quarto, e eu via uma montanha alta demais para escalar.

Nesses momentos, com frequência, eu pensava em uma entrevista com um músico; acho que li na *Rolling Stone*, logo depois do 11 de setembro. O cantor falava de como, ao ser confrontado com as imagens das torres e a fumaça, ele e sua parceira haviam começado a foder furiosamente. Horas e horas seguidas, ele disse. Sexo contra o medo. Um ato de criação para afastar a destruição. Forças cósmicas, Eros e Tânatos. Esse tipo de coisa.

E aqui estávamos nós, Mavi e eu. Presos. Afastados. Enquanto o mundo lá fora se tornava cada vez mais assustador.

As meias foram só o começo. A conquista de Michele expandiria em múltiplas frentes, eu sabia.

Logo ele pediu o único cabo de Ethernet na casa que garantia uma conexão estável. Para as aulas virtuais, ele disse. Então Michele pegou meus fones supra-auriculares.

Fones auriculares fazem mal depois de um tempo, Mavi disse, tomando o lado dele.

A única sacada no apartamento se transformou na salinha de café dele. Todos os dias, ele enfileirava bitucas de cigarro no corrimão; eu não me continha e as contava antes de colocar no lixo. Quando falei pra ele que o vento poderia jogá-las nas sacadas dos apartamentos de baixo, ele me disse que era uma hipótese pouco provável.

Enfim, ele me perguntou se podia usar meu escritório. Antes que eu pudesse surgir com uma desculpa viável, ele acrescentou: você nunca trabalha à noite, de qualquer maneira.

Aquela era a primeira sexta-feira do confinamento. Mastiguei bem devagar o pedaço de frango que tinha na boca.

Pra que você precisa?

Houseparty.

Eu não fazia ideia do que ele estava falando, mas não disse nada. Enfraqueceria minha posição.

É mais silencioso naquele seu espaço, Michele acrescentou.

Eu sei. É por isso que é meu escritório.

Mavi me lançou um olhar desapontado, então eu me levantei a abri a geladeira, procurando por nada em particular. Havia um pacote com seis cervejas Tennet's Super, suprimentos dele para a noite.

Houseparty, resmunguei.

Mais tarde, aumentei o volume na televisão para cobrir as risadas de Michele e música dos alto-falantes de seu laptop. Quanto mais ele se divertia, pior ficava meu humor.

Você não fica desconfortável de ficar entreouvindo a festa dele?, perguntei a Mavi.

Ele só está relaxando com os amigos. Estão todos tão longe, ele sente saudade.

Ele podia fazer isso em silêncio!, eu quase disse.

O que eu, de fato, disse foi: isso me lembra de todas as noites que eu ficava no carro esperando ele sair de uma boate.

Porque de súbito, todos os meus anos com Mavi e Michele estavam reduzidos a isso: espera sem fim. Espera na frente de uma boate, ou num estacionamento; esperando no quarto em um silêncio total; esperando que ele se tornasse maior de idade para que Mavi e eu pudéssemos, de fato, começar nossa vida como casal. Esperando envelhecer pra podermos nos tornar jovens amantes. Como tudo havia acontecido ao contrário? E como nós havíamos terminado na primeira casinha do tabuleiro, bem quando achávamos que tínhamos atravessado a linha de chegada? Eu me permiti boiar naquela onda reconfortante de autopiedade.

Isso aconteceu umas quatro vezes, talvez, Mavi disse.

Aumentei o volume um pouco mais.

Não, resmunguei. Foi bem mais que quatro vezes.

Na manhã seguinte, estudei com cuidado a superfície branca da escrivaninha. As marcas âmbar de cervejas vazias ainda estavam visíveis. Peguei o paninho de limpeza do armário, sendo bastante enfático, certificando-me de que Mavi estava vendo.

Ele não mudou nada, ela suspirou. Vou dizer pra não usar mais seu escritório.

É claro que não, respondi. Ele estava só relaxando com os amigos.

Mais nove sextas-feiras de Houseparty aconteceram no meu escritório. Mais nove semanas, feitas de dias idênticos e noites idênticas. O maior período em que Mavi ficamos sem transar, sem sequer tentar. Nunca falamos disso. Se tivéssemos, nós teríamos nos convencido de que as circunstâncias não eram ideais. E nós teríamos nos sentido pior por mentir.

Na cama, na 71ª noite, eu observei as costas-montanhas dela e imaginei a minha própria entrevista na *Rolling Stone*.

Como você reagiu à pandemia?

Não me movendo.

Qual a primeira coisa que vai fazer quando o confinamento acabar?

Ir ver um andrologista.

De vez em quando, eu ouvia os risos barítonos de Michele.

Ele logo voltaria para Milão para a próxima fase. Será que a cidade estava subitamente segura? Não. Mas, como ele explicou, quase com culpa, ele não estava mais acostumado com nós três morando juntos por tanto tempo. Eu via o local, vazio de sua presença, me via deitado no mesmo lugar na cama, e esperei por uma sensação de alívio que nunca viria. O que eu sentia, ao invés disso, era um incômodo, o sentimento ficando mais forte a cada minuto.

O número de infecções estava caindo. Eu já tinha visto os comerciantes locais limpando suas lojas, preparando-se. A empolgação de voltar à vida era sentida em toda parte, mas lá estava eu, em minha cama, esperando por um aumento de infecções virais, esperando que o confinamento nunca acabasse, que a pandemia seguisse para todo o sempre e que Michele nunca voltasse para Milão, para que ele ficasse acordado todas as noites, fazendo raves online na minha escrivaninha. Porque a alternativa seria Mavi e eu nos perguntarmos o que aconteceu conosco, por que o sexo foi tão ruim da última vez e inexistente desde então. Por que nós não transamos perante o medo.

A janela estava aberta, mas de súbito eu senti falta de ar. Eu me descobri e me sentei.

Não consegue dormir?, Mavi me perguntou de seu canto remoto da cama.

Estou com sede.

Fui para a cozinha. Michele estava lá. Tomando sorvete direto do pote. Eu peguei um copo, enchi de água e me sentei na frente dele.

Sem Houseparty?, perguntei.

Estava sem vontade.

Como sempre, ele não havia esperado o sorvete degelar, então estava socando a colher no pote com força. Eu estava prestes a avisar que ele ia amassar o metal daquele jeito. E que estava usando uma colher da Ikea sem o menor pudor, mas escolhi ficar em silêncio.

Conheci uma garota, ele disse. A gente foi para uma sala privada. Ela queria... É. Mas eu não estava com vontade.

Ele não olhou para mim. Se tivesse olhado, teria visto meu espanto, não com a conversa em si, mas por, até aquele momento, nunca ter me ocorrido a possibilidade de conhecer alguém naquelas circunstâncias, durante uma quarentena, no Houseparty, e até mesmo de transar com a pessoa. E, ainda assim, a forma como ele dizia, com o brilho ingênuo de seus vinte e dois anos, parecia perfeitamente natural.

Eu gostei dela, mas sou um pouco mais complicado, ele continuou. Telas me deixam nervoso com essas coisas. Cada um tem seu gosto, sabe?

Sem esperar por uma resposta, ele empurrou o sorvete na minha direção.

Pode ficar com o resto, ele disse. É caramelo salgado, o melhor sabor, na minha opinião.

Eu encarei a colher, suja de creme e saliva. Risco extremamente alto de contágio. Eu quis me levantar e pegar uma limpa, mas Michele estava me olhando, com inocência. Então peguei a colher, levei aos lábios. Uma vez, e então de novo.

Você sempre pega das laterais do pote, né?, ele apontou. Eu nunca me importo. Sempre vou direto no meio.

Ele saiu. Terminei o sorvete; não que houvesse sobrado muito. Então voltei para a cama.

Por que demorou tanto?, Mavi perguntou.

Nada. Só tomei sorvete.

Levei minha mão às suas costas-montanha. Rocei os dedos no meio, logo abaixo das curvas suaves de sua blusa.

Isso faz cócegas, ela disse.

Quer que eu pare?

Não.

UM GENTIL LADRÃO, DE MIA COUTO

Batem à porta. Bater é uma maneira de dizer. Moro longe de tudo, só a fome e a guerra me vêm visitar. E agora, na eternidade de mais uma tarde, alguém fuzila com os pés a porta da minha casa. Vou a correr. Correr é uma maneira de dizer. Arrasto os pés, os chinelos rangendo no soalho. Com a minha idade, é tudo o que posso. A gente começa a ficar velho quando olha o chão e vê um abismo.

Abro a porta. É um homem mascarado. Ao notar a minha presença, ele grita:

— Dois metros, fique a dois metros!

Se é um assaltante, está com medo. Esse temor inquieta--me. Ladrões medrosos são os mais perigosos. Retira da bolsa uma pistola. Aponta-a na minha direção. É estranha aquela arma: de plástico branco, emitindo um raio de luz verde. Aponta a pistola para o meu rosto, e eu fecho os olhos, obediente. É quase uma carícia aquele raio de luz sobre o meu rosto. Morrer assim é um sinal de que Deus respondeu às minhas preces.

O mascarado tem uma voz doce, um olhar delicado. Não me deixo enganar: os mais cruéis soldados surgiram-me com modos de anjo. Há tanto, porém, que ninguém me faz companhia, que acabo entrando no jogo.

Peço ao visitante que baixe a pistola e tome lugar na única cadeira que me resta. Só então reparo que traz uns sacos de plástico envolvendo os sapatos. É óbvia a intenção: não quer deixar pegadas. Peço-lhe para baixar a máscara, asseguro-lhe que pode ter toda a confiança em mim. O homem sorri com tristeza e murmura: nestes dias, não se pode confiar, as pessoas não sabem o que trazem dentro delas. Entendo a enigmática mensagem, o homem pensa que, sob a minha aparência desvalida, se esconde um valioso tesouro.

Olha em redor e, como não encontra nada para roubar, o homem acaba por se explicar. Diz que vem dos serviços de saúde. E eu sorrio. É um jovem ladrão, não sabe mentir. Diz que os seus chefes estão preocupados com uma doença grave que se espalha rapidamente. Faço de conta que acredito.

Sessenta anos atrás quase morri de varíola. Alguém me veio visitar? A minha esposa morreu de tuberculose, alguém nos veio ver? A malária roubou-me o meu único filho, fui eu que o enterrei sozinho. Os meus vizinhos morreram de AIDS, nunca ninguém quis saber. A minha falecida mulher dizia que a culpa era nossa porque escolhemos viver longe dos lugares onde há hospitais. Ela, coitada, não sabia que era o inverso: os hospitais é que se instalam longe dos pobres. É uma mania deles, dos hospitais. Não os culpo. Sou parecido com eles, os hospitais, sou eu que albergo e trato as minhas enfermidades.

O assaltante mentiroso não desiste. Apura os métodos, sempre de modo tosco. Quer justificar-se: a pistola que me apontou era para medir a febre. Diz que estou bem, anuncia com um sorriso tonto. E eu finjo respirar de alívio. Quer saber se tenho tosse. Sorrio, condescendente. Tosse foi coisa que me quase levou à cova, depois de ter vindo das minas há vinte anos. Desde então, as minhas costelas quase não se movem, o meu peito é feito apenas de poeira e pedra. No dia que voltar a tossir, será para pedir licença nas portas de São Pedro.

— Não me parece estar doente — declara o impostor.
— Contudo, o senhor pode ser um portador assintomático.

— Portador? — pergunto. — Portador de quê? Por amor de Deus, pode-me revistar a casa, sou um homem sério, quase nunca saio de casa.

O visitante sorri e pergunta se sei ler. Encolho os ombros. E coloca sobre a mesa um documento com instruções de higiene e uma caixa com barras de sabão, um frasco com aquilo que ele chama de "uma solução alcoólica". Coitado, deve imaginar que, como todos os velhos solitários, ando metido na bebida. À despedida, o intruso diz:

— Daqui a uma semana, passo por aqui a visitá-lo.

Então, me vem à cabeça o nome da doença de que fala o visitante. Conheço bem essa doença. Chama-se indiferença. Era preciso um hospital do tamanho do mundo para tratar essa epidemia.

Contrariando as suas instruções, avanço sobre ele e abraço-o. O homem resiste com vigor e escapa-me dos meus braços. No carro, despe-se apressadamente. Livra-se da roupa como se despisse as vestes da própria peste. Dessa peste chamada miséria.

Aceno-lhe sorridente. Depois de anos de tormento, reconcilio-me com a humanidade: um ladrão tão desajeitado só pode ser um homem bom. Quando ele voltar, semana que vem, vou deixar que roube a velha televisão que tenho no quarto.

SONO,
DE UZODINMA IWEALA

Tradução de Luisa Geisler

O dia em que acordar? Amanhã, sim — quarta-feira —, e sentir nada ao meu lado, então sentimentos fugazes de traição, seguidos de indignação — obviamente, justificados. Amanhã fará de hoje ontem, só mais um dia, não aquele dia para ser lembrado pra sempre, não aquele dia especial sempre marcado no meu dedo. Talvez tão grande, brilhante e reluzente, talvez sutil e elegante, talvez nem sequer ao redor do meu dedo. Talvez apenas uma ideia — segurança. Apenas uma ideia — felicidade. Só uma ideia — amor. Só um pensamento — para sempre — que irá ser lembrado antes de todos esses momentos, esses momentos passados, esses momentos preciosos que compartilhamos. Aqueles sorrisos, abraços, beijos, transas — tantas transas.

Amanhã, sob a suave luz do sol de verão, eu irei me revirar, sentir calor no rosto, sentir calor no corpo, sentir o ar seco e frio que o ar condicionado traz. Luz, brilhante e clara, lançada no travesseiro vazio mostrará seu cabelo saltando da fronha como pequenos brotamentos encaracolados pretos. Você vai ficar calvo cedo. É o estresse, e, você sabe disso, ainda vou amar você quando todos os cabelos desaparecerem. Quando eu desaparecer por completo. Vou sorrir — não, vou rir — e estenderei meu corpo sobre a endentação ainda quente que tem o seu formato para ver se, estando onde você estava, eu posso ser você. Nem sempre se tem essa sorte. Azar. Nunca gostei dos lençóis — seus lençóis — pelo modo como esfriam rápido logo que você sai.

Estarei a sós de novo, sozinha com meus pensamentos, apenas com meu desejo, apenas com minhas inseguranças e uma miríade de coisas melancólicas. E eu vou pensar: Então essa é a profundidade de reconciliação. Voltar ao status quo? Você saindo pro trabalho antes do nascer do sol, deixando apenas um traço de sua presença — o calor evanescente ao meu lado, e eu de novo sozinha me perguntando se a vida poderia ser melhor, se a vida será melhor talvez se oficialmente casados e reconhecidos pelo estado, por Deus, ou pelos deuses. Sim, eu e você juntos. Sim, eu de alguma forma oficialmente completa. Mas amanhã, temo, como hoje, como ontem, trará coisas que nem sempre o que a gente quer aconteça, e eu vou pensar que nunca gostei de nossos lençóis — seus lençóis — porque são do verde de seu uniforme médico e me lembram que, para você, trabalhar é viver, viver é sofrer e uma miríade de coisas melancólicas.

Vou me levantar e sentir a luz do sol nos seios, sentir a luz do sol na barriga, sentir a luz do sol no triângulo bem-depilado entre minhas pernas. E com essa luz, virão pensamentos de oportunidades perdidas na noite anterior, sentimentos fugazes de luxúria, então desejo — sua carne, minha carne, você e eu unidos, sim, eu, por um momento, de alguma forma oficialmente completa. Mas tudo isso será ontem, amanhã será hoje, e eu vou caminhar da cama para o banheiro pensando que vivo em borbotões — talvez seja por isso que você não pode se casar comigo. Talvez nós sejamos muito incompatíveis.

Meus borbotões são o quarto inteiro — as pinturas nas suas paredes, ilustrações modernas de arte antiga, originais de amigos artistas e minhas roupas atiradas por cima de diversos móveis, uma camisa na velha poltrona de couro marrom, jeans nos pés da cama, calcinhas perto da lixeira. Todos esses borbotões, até o banheiro e o espelho manchado com uma moldura de cobre que eu achei, que você odiava, que eu amava, aquele que faz você se sentir como se estivesse setenta anos no passado, e você é uma foto desbotada de um mordomo negro em seu próprio lar. Nem sempre o que a gente quer acontece. Uma maravilha. Você nunca gostou de nossa história — minha história — por causa de como transforma reis em servos e malucos em reis.

Vou olhar no espelho e pensar que estou cansada de ouvir você dizer que quer trocá-lo. E vou olhar no espelho, para mim mesma, e as rugas finas nas minhas pálpebras, e os leves pés de galinha perto das beiradas dos olhos, e vou olhar para baixo, passando da covinha do meu umbigo para o espaço livre de pelos e tão sensível que fica vermelho onde dedos acabaram de tocar logo antes do triângulo no meio das minhas pernas, e vou colocar a palma da mão nesse lugar, imaginar um estímulo, e pensar, Toby — não estou ficando mais nova. Vou murmurar, Não existe uma eternidade aqui.

Vou olhar no espelho e vou pensar que logo você vai conseguir mudá-lo. E vou olhar no espelho, para meu rosto branco, agora vermelho, marcado de lágrimas e horrível, olhar para os vasos sanguíneos rompidos sob a superfície, e pensarei — ao menos, tenho cor. E então vou olhar no espelho, para meu rosto branco, agora vermelho, marcado de lágrimas e horrível, olhar para os vasos sanguíneos rompidos sob a superfície, e pensarei, Toby, eu sou só branca para você?

Em dias ruins — sempre. Em dias bons — às vezes. Então tem momentos espetaculares.

Vou dizer para mim mesma, Coitadinha, você, e ficarei ali parada, completamente nua, braços cruzados sobre os seios, me segurando, me observando observar enquanto me pergunto, Toby, eu sou só branca para você? Vou dizer, Ashley, ora. Vá se vestir. Você não pode continuar com isso. Com o quê, vou perguntar. Com isso, eu vou dizer, me paralisando, dramatizando a sua vida. Se você ama esse homem, não o deixe, e se você o deixar dessa vez, deixe-o em paz. Há outros relacionamentos. Eu vou me sentar na cama em que você se deita e vou pensar que nunca haverá outro você. Vou dizer, Mas eu tenho medo, em uma voz que está a um oitavo de distância de ser inaudível.

Vou tomar banho, pingar água do cabelo ao chão, até a cama, atravessando os tapetes, até o armário — o de mogno, que a mãe de seu pai deu para sua mãe, que eu esperava que sua mãe um dia me desse. Nem sempre o que a gente quer acontece. É osso. Vou deitar o corpo na endentação na forma de você ainda quente, para ver se ao estar onde você esteve, eu irei de alguma forma me dar conta de que eu deveria estar com você. Nem sempre se tem essa sorte. Azar. Vou murmurar, Eu nunca gostei de nossos lençóis — seus lençóis. Vou murmurar, Quebre o ciclo. Tem história demais aqui.

Isso será amanhã, mas hoje à noite, acima das sirenes, e dos helicópteros, e dos coros aquecidos, por um tempo, você respira de forma ritmada, e eu respiro em borbotões. Você em cima de mim. Seu corpo ao meu lado. Cheiro de suor, cheiro de sexo, e todos os sentimentos — sua pele sob minhas unhas, sua mão ao redor da minha garganta. Toby. Pare, eu digo para você. Por quê?, você me pergunta, por quê?

Porque agora tem algo duro entre nós.

Toby, me responda de verdade, eu digo. Toby, você pensa em casar comigo algum dia? Silêncio de você. De você, nenhum ruído. Só sua respiração quente e aquela dureza entre nós. Toby, eu digo. Eu pergunto, Toby, eu sou só branca pra você? Silêncio. Se mexendo. Você guardado entre as próprias pernas.

Penso em dias ruins. Penso em dias bons. Acho que tem momentos espetaculares. Penso em lágrimas. Penso em sorrisos. Penso em amor e na vida que deve trazer. Mas tudo isso é futuro. No passado, isso tudo foi diferente — eu acho.

Então, eu disse, Como quiser. Vamos dormir. Você desligou e eu desliguei e dei comigo sozinho de novo. Coloquei as palmas das mãos atrás da cabeça e reclinei naqueles lençóis amassados e, em algum momento, aquecidos pelo seu corpo, uma vez enodados por causa dos nossos posicionamentos em todos os lugares errados — um nó sob meu queixo, um amontoado entre minhas pernas —, agora achatados, sem inspiração e pouco inspiradores. Coloquei um travesseiro no seu lado e passei os lençóis ao redor dele, pensando, Ao menos, se o travesseiro ficar onde você deitava, então vou sonhar que é você. Não sonhei, e quando a luz do sol aqueceu minhas pálpebras com um laranja brilhante, eu acordei e pensei, Ah, merda, me atrasei. Me ferrei.

Lancei os pés sobre a beirada da cama até o chão, não em livros, não em sapatos, ou calcinhas, ou camisas ou canetas, e de novo senti alívio de não haver danificado nada, que meu telefone não exibiria nenhuma mensagem sobre meu desrespeito em relação a sua existência. Eu deveria estar feliz, mas neste lugar, a ausência de suas coisas me fez pensar em ficar em pé sobre você enquanto você dormia, enquanto sua respiração leve e rápida perturbava seus lábios. Você, a mística, a mágica, meu amor, minha vida. Como eu pensaria que — Você é mesmo o amor da minha vida? E então, Não tem respostas fáceis aqui.

Escovei os dentes rapidamente, mas quando cuspi, a espuma branca ao redor do ralo se recusou a descer. Liguei a água, e ainda havia bolhas. Abri o dreno e, ao redor das bordas, havia fios do seu cabelo, molhados e retorcidos juntos, deixando o progresso do meu dia mais lento. Estremeci e joguei a coisa toda no lixo. Então lavei o rosto, examinei minhas imperfeições no seu espelho e me apressei porta afora.

Imagine minha surpresa quando me deparei com você sentada no corredor. Não quis acordar você, você disse. Olhei pra você de novo, me virei para a porta e de volta para você ali, seus braços ao redor dos joelhos e um pedido silencioso de por favor que se estendia por todos os braços, narinas e lábios. Seu meio-sorriso pavoroso.

Você me alcançou e eu alcancei você atravessando a separação do corredor, cruzando as partículas de poeira iluminadas pelo sol que dançavam em correntes lentas do sistema de refrigeração central. Suas mãos brancas, minhas mãos negras, então os dedos entrelaçados e um abraço. Senti você respirar contra mim, e me perguntei — afeto, conforto, desejo, ou todas essas coisas — quando sua barriga tocava a minha e nós nos beijamos e você tinha o sabor do dia anterior. Eu não me importava, não podia me importar, e você me empurrou de volta para o apartamento. Você pegou minhas mãos e as colocou em meu rosto e segurou minhas bochechas. Você disse, Eu quero você, Toby. Eu sentia suas mãos em meu peito, minha barriga, então ainda mais baixo, aliciando, acariciando, e pensei em você nua aqui no chão, eu nu aqui no chão, nós nus juntos. Fui esmagado pela investida, confuso. Eu disse pra você, Pare, Ashley, pare. Por quê, você perguntou, por quê?

Porque você sempre desaparece quando há algo de duro entre nós.

Porque eu já estou atrasado pro trabalho, eu disse.

Certo, você disse. Toby. Sou eu. Ashley — sua namorada de um dia, futura, a mística, a mágica, o amor de sua vida, a que você implorou que voltasse noite passada. Você não ficou feliz de me ver?

Feliz de ver você? No momento, eu disse sim, e eu acreditava eu mesmo. Feliz de ver você — é claro que sim. Chega de voltar para essa casa vazia de você, e ainda assim cheia de sua presença — seus cabelos no travesseiro ao meu lado, no meu cabelo e escova de cabelo, ao redor da pia, o seu desodorante, os hidratantes, perfumes, e um monte de coisas com cheiro de lavanda. Feliz de ver você? Sim, é claro, porque era demais ter você aqui e não ter você. Perfeito demais — em alguns pontos exatamente o que eu havia desejado —, absurdo demais.

Só estou surpreso. Não achei que viria, eu disse. Mas eu vim, você disse. Você se pressionou em mim de forma que nos bagunçamos passando pela porta do armário. Você passou os dedos pelo meu peito e sussurrou, Estarei esperando por você quando voltar pra casa. Amo você.

Eu disse, Eu amo você também, Ashley.

Não consegui me concentrar no hospital, mas todo mundo imaginou que minha confusão era resultado do soterramento da responsabilidade e complexidade dos tempos. O atendente, com seu cabelo castanho cacheado e seus fiapos brancos caindo sobre os óculos, colocou a palma da mão no meu ombro e, em um momento mais tranquilo, disse, Isso não é para sempre. Isso, também, vai passar. Ele disse, Onde há humanos, há esperança. Eu queria acreditar nele, mas estava distraído com pensamentos sobre você.

Voltei para casa, para você sentada na escuridão na beira da cama, encarando para fora da janela aberta. Preciso tomar banho, eu disse. Você não disse nada. Quando emergi, a toalha ao redor da cintura, gotas de água escorrendo por regiões difíceis de alcançar na minha coluna, você perguntou, Você consegue ouvi-los gritando? Levantei você da cama e a beijei. Passei as mãos pelas suas longas pernas brancas, pele tão pálida mostrando as veias azuladas, desabrochando na camada inferior como um relâmpago. Estremeci — de empolgação, de nojo? Levantei sua regata para revelar a covinha no umbigo, para revelar as marcas vermelhas que o sutiã deixava justo abaixo de seus seios, e as sardas ao redor dos mamilos. Você chutou a calcinha pra lixeira e me puxou. E agora, eu respiro de forma ritmada e você respira em borbotões até que me diz, Pare. Você diz, Pare.

Por quê, eu pergunto pra você, por quê?

Silêncio de você, de você, nenhum ruído, e eu penso, Porque agora há algo duro entre nós. E agora que estamos deitados dessa forma — um encarando o outro, você ciente da minha empolgação, eu ciente da sua empolgação, você não querendo fazer amor, eu não querendo resistir ao desejo — ambos encarando a escuridão enquanto o mundo queima, eu penso esqueça amor, esqueça paixão, esqueça reconciliação sexual e todas as coisas íntimas. Eu penso, então, Como quiser, vamos dormir.

Toby, me responda de verdade, você diz. Toby, você pensa em casar comigo algum dia? Então, você sussurra: Toby, eu sou só branca pra você?

Você sempre faz perguntas assim porque acha que as respostas são simples, que posso primeiro dizer que sim, e então dizer que não, que vou aprender a deixar o amor conquistar o ódio de mil anos e outras coisas duras entre nós.

Em algum momento, você podia ir presa, e eu podia ir preso pelo que estamos fazendo agora. Em algum momento, eles teriam me açoitado numa árvore, aberto um talho na região do escroto e deixado a gravidade descortinar meus testículos.

Mas tudo isso é passado — eu acho. No futuro, tudo vai ser diferente — eu acho.

O DEPÓSITO, DE DINA NAYERI

Tradução de Luisa Geisler

— Isso não é nada — Kamran disse na noite anterior à ordem de confinamento em Paris.

Sheila ergueu os olhos de seus formulários para poder circular na rua.

— Eu me recuso a mostrar documentos pra polícia. — Espiando Nushin, ela sussurrou: — São sempre tão jovens... Só uns garotinhos com armas que mal conseguem carregar.

A história, Kamran os lembrou, os havia treinado para confinamentos e fome e polícia louca por poder. Com ou sem pandemia, ainda estavam no ano sabático. Aproveitariam a cidade nova, exceto por algumas refeições em restaurantes. Eles ressuscitariam os gerânios da janela, colocariam no sol os lençóis bolorentos do dono do apartamento.

— E olhe pra este céu, como uma toranja madura. Nada estraga um céu desses.

— O que vem depois... códigos de vestimenta? Mulás? Regulamentação de mulheres? — Sheila murmurava, lembrando-se de humilhações passadas enquanto preenchia aniversários falsos e esquecia um dos dígitos do número da porta.

— Papai — Nushin disse, perfeitamente vigilante aos quatro anos. — Se não sairmos, vamos ser açoitados!

O número diário de mortes lembrava Kamran e Sheila da Teerã em época de guerra, nos anos 1980, quando mal tinham saído da infância, bolsos ainda grudentos pelo açúcar dos tamarindos, apesar de fazerem questão, sombriamente, de ouvir a BBC a cada noite para conferir o número de fatalidades, como os adultos. O noticiário da República Islâmica mentia com tanta consistência que Kamran e Sheila não conseguiam mais culpar ou contar com ela. Eles simplesmente esperavam os pais ligarem o rádio na BBC e tinham dificuldade de não trocar olhares de esguelha um com o outro.

Em privado, cada um dos dois suspeitava dos números de coronavírus também, aliviando-se em breves momentos de imaginação pelos quais culpavam a revolução e uma infância em guerra. Kamran brincava que iranianos modernos tinham sorte, porque mais uma vez tinham números falsos de mortos para deixá-los contentes. E, ainda assim, a cada noite, eles se lembravam obedientemente de que a BBC sabe.

Faziam troça de amigos em pânico atrás de macarrão e pão.

— Amadores — Kamran disse. — Racionamento causaria um aneurisma coletivo neles. — Uma vez, no começo da guerra, Kamran lembrou, seu pai saiu para comprar leite e voltou para casa com três mata-moscas, uma lata de mata-inseto, uma pá e anzóis. O dono da loja estava fazendo vendas casadas.

— Sinto falta daqueles dias. — Sheila suspirou, então se deu conta do que havia dito. — Quero dizer, não no...

— Eu também — Kamran disse. Então pausou. — Tem um porão terminado — comentou — e um depósito. — Ele sorriu, indecente e insinuante, um Kamran de outra vida. A sugestão batucava em seu coração, acelerando tudo.

Por dias, cambalearam em viveiros de memórias enquanto condicionavam respostas melhores para Nushin. Montavam cabanas de lençóis, aplaudiam trabalhadores cansados, choraram lágrimas por seu país desolado. Rasgava o peito de Sheila imaginar aqueles glóbulos sinistros cheios de presas perfurando as células de sua mãe. Presa em um apartamento em Teerã, dependente dos vizinhos, essa poderia ser a forma como ela perderia sua mamãe.

Buscavam distração nas estantes. O apartamento rangia sob uma montanha de livros velhos, mas respeitáveis, em polonês e francês, poemas de Milosz e Szymborska, Bruno Schulz, Simone Weil, uma seleção surpreendente a respeito de estratégia militar, medicina tradicional chinesa e a história de mapas. Desperdiçavam as horas, sucumbindo à verdade de que, depois de anos de agito acadêmico em Nova York, eles quiseram aquilo. A nova tensão os perturbava e empolgava, como fazia décadas antes. Eles a portavam consigo, frágil e viva como um peixe recém-pescado, ao longo dos tédios recém-descobertos do dia.

Uma manhã, Sheila passou os dedos por um livro ilustrado preto e brilhante, tentando ler as letras douradas dando voltas sobre uma cena de contos de fadas, quando o temporizador em forma de ovo tocou. Julgando ser um volume de histórias para crianças, ela o levou para a mesa. Nushin estava avançando no Capítulo I quando Kamran entrou vagando.

— Então, ela é nova demais para *Mulan*, mas pornografia francesa antiga não tem problema?

Sheila agarrou o livro da filha. *Les cinq sens d'Eros* — os cinco sentidos de Eros. Abaixo do título, uma garota com rosto de Branca de Neve e cachos extravagantes estava deitada no chão, anáguas baixadas enquanto algum tipo de criatura alegre tipo Pã mexia nela meticulosamente com uma pena ornada. Sheila encarou, ficou vermelha, gema de ovo vazando na própria mão, por muito tempo.

— A princesa está com dor de barriga? — Nushin disse, inclinando-se para ver melhor.

Kamran abriu a capa interna.

— 1988. Os franceses estavam publicando isso enquanto mulás estavam determinando se cair em cima da sua tia durante um terremoto era halal. — Depois da revolução, clérigos apareciam na televisão para oferecer aplicações práticas do Islã. Era estranhamente (quase amorosamente) completo. Ao usar uma bacia turca, aconselhavam ir primeiro com o pé esquerdo para que, no caso de um ataque cardíaco, você não caísse no buraco. — A gente mal conhecia nosso próprio equipamento, lembra?

À tarde, tropeçaram um no outro no corredor. Ainda envergonhada, Sheila afastou o olhar, mas ele a puxou para perto, sua bochecha quente contra a dela.

— Você não sai na rua tem dez dias — ele sussurrou em seu cabelo. — Você vai ser açoitada.

Ela mal registrou essa intimidade esquecida quando foram atingidos por um "Não!" violento. Nushin estava em pé bufando e fuzilando-os com os olhos na porta do banheiro, calcinhas nos tornozelos, agarrada à saia.

— Vocês não podem se beijar! — ela disse, lábios tremendo, lágrimas se formando. — Ela não é a princesa. — O peito pequeno arfava, como se em choque. Duas vezes, ela sussurrou: — Peçam desculpa pra mim.

Pensando na sua dignidade em botão, Sheila se apressou para levantar as roupas íntimas da filha.

— Menos de duas semanas fechada em casa — ela sussurrou — e nós já cagamos permanentemente a programação sexual dela.

— Nossos pais cagaram a nossa — Kamran disse, pegando a filha no colo.

Será que Nushin já os tinha visto apaixonados? Sheila tinha vergonha demais para perguntar. Os dois haviam labutado lado a lado por anos, cada um com suas carreiras, pós-doutorados, amigos. Depois do casamento, e então depois de Nushin, o sexo foi escapulindo tão silenciosamente. Sem opressores ou uma batalha tangível, perdeu seu calor revolucionário.

Naquela noite, depois de Nushin ser colocada na cama, Kamran se virou para Sheila e disse:

— Quer contar histórias da última vez?

E ela respondeu:

— Acho que minhas histórias são erradas para o momento.

O dia inteiro ela havia desejado ficar sentada sozinha por um tempo e pensar em ter quinze anos de idade num abrigo antibomba.

Em vez disso, Kamran lembrou do dia, aos treze anos, em que saíram para caminhar nas ruas de Teerã. Um pasdar adolescente os censurou por uma hora antes de Kamran convencê-lo de que eram primos. Caminharam para casa quase em lágrimas, incapazes de se confortar, Kamran alguns poucos passos na frente de Sheila, que fumegava a respeito do mundo de ponta cabeça, seu hijab obrigatório, o garotinho a repreendendo como se fosse o pai dela. Então eles ficaram parados no saguão, encarando seus sapatos gastos, até as sirenes antibombas ressoarem, e vizinhos correrem para o porão, levantando-os em uma corrente de pais, tias e tios honorários, e uma avó manca agarrada ao seu chador enquanto era carregada nos braços do filho.

Sheila expirou.

— Então encontramos o depósito.

E, com ele, afinidade acima de suas respostas defeituosas, a escolha terrível do corpo de sucumbir ao abrigo, de vir à vida em momentos de morte e luto. Ele beijou as palmas das mãos dela.

— Fique em casa. Amanhã compro vitamina D para você.

* * *

— Você se lembra de como a velha decorava os abrigos antibomba? — ela perguntou, imaginando o porão sob seus pés. Será que depósitos franceses têm cheiro de açúcar e terra quente por causa do fogo, como os que tinham em casa, ou será que eram cheios de teias de aranha e pegadas de botas endurecidas? — Você se lembra das escadas? — Um vidro de conserva a cada degrau. Jarros de conserva grandes e compridos, com uma camada de tecido colocada sob a tampa, alinhados como princesas árabes esperando por sua vez.

— Sinto saudade das avós. Deus nos livre que no meio de uma guerra a gente fique sem picles.

— Vou deixar crescer as sobrancelhas durante a quarentena — Sheila disse.

— Elas são lindas — Kamran disse. Ele segurou suas bochechas nas palmas das mãos e passou os dedões nas sobrancelhas dela, como se aplicasse protetor solar.

— Lembra como eu tinha que arrancar três pelos por vez para enganar Baba? — Boas moças não removiam um único pelo do corpo até o casamento. Então, Sheila havia conspirado com a mãe para esconder o afinar de suas sobrancelhas dos muitos pais e irmãos vigilantes do prédio. Se um trecho preto imenso some da sua cabeça, até mesmo o homem mais idiota sabe. Mas se os pelos vão caindo um por um, nós podemos dizer o que quisermos. Vamos circular uma fofoca: a pobrezinha tem hipotireoidismo.

Oh, Mamãe, por favor, espere... Acredite nos números... Fique em casa.

— Na última vez, depois do depósito — Sheila disse —, meus pais gritaram comigo por três horas.

— Os meus ficaram se preocupando que eu seria mandado para a guerra — Kamran replicou.

Como haviam perdido o rastro um do outro por tanto tempo?

— A vida sem guerra — Kamran disse.

— Isso é terrível — ela comentou. — Isso não somos nós.

— Acho que talvez seja. Nós fomos programados para o desastre.

Seus dois edifícios eram conectados por um enorme abrigo subterrâneo, dois lances de escadas se conectando em uma caverna úmida. Nas paredes do ambiente, bicicletas estavam apoiadas entre uma dúzia de geladeiras e congeladores, todos estocados com refeições já cozidas e ingredientes. Estantes dobravam sob latas, arroz, farinha, açúcar. Panelas imensas de conserva com rótulos com nomes de famílias estavam enfiadas no topo de cada geladeira.

No começo da guerra, as avós baixaram cadeiras, travesseiros, tapetes brilhantes para o chão, colchas macias e cobertores peludos. Trouxeram samovares, pratos, copos, decorando o abrigo para refeições ou chá, partidas de gamão ou um cigarro, para que cada sirene pudesse ser o começo de uma ocasião. Entre os residentes, viviam cinco adolescentes, inclusive Sheila e Kamran, os mais novos e mais estudiosos, e, portanto, os menos vigiados. Durante aquela primeira sirene vermelha, enquanto famílias se agitavam ao redor de cachimbos e samovares, arrumando travesseiros e opinando a respeito de aquecedores, os dois encontraram um túnel que levava a um depósito pequeno. Dentro de suas paredes rochosas, havia estantes de queijos e bens secos, pacotes de temperos picados, uma porta que fechava e espaço suficiente para dois fugitivos magricelos.

Depois disso, cada sirene vermelha os mandava de volta ao depósito, em apanhados de tempo entre as rodadas de xadrez dos pais, as piadas obscenas das avós e mil xícaras de masala chai.

— Você se lembra do que nos salvou? — Kamran perguntou.

— Philadelphia. — *Cream cheese* dos Estados Unidos era raro. Mesmo com cupons de racionamento, as pessoas estavam sempre brigando por queijo, criando mercados clandestinos. Na maioria das noites, corajosos pais em busca do queijo especial voltavam com cabeças baixas e um pacote de queijo processado ou, pior, um feta iraniano comum. Quando Kamran e Sheila ouviram o estalar de tamancos de mães, eles mal tiveram tempo de colocar o vestido de Sheila de volta, enfiando seu sutiã (uma coisinha autoilusória feita somente de algodão, sem bojos ou arames) no bolso de Kamran. Eles ajeitaram o cabelo e ficaram parados distantes, mas ainda seriam pegos juntos, sozinhos no quartinho. Precisavam se oferecer para um crime, um crime grave, embora não tão grave quanto o que haviam cometido. Então, Kamran pegou um pacote de queijo Philadelphia precioso da estante de um vizinho, rasgou o papelão e papel alumínio e mordeu um bloco de branco macio leitoso e o lançou para Sheila.

— Deus, isso é bom — ela murmurou, justo quando as mães entraram e começaram a gritar por causa de queijo roubado.

— Essas crianças! *Ei vai*! São animais — as mães disseram.

Durante a noite inteira, houve desculpas. Os donos do queijo foram gentis. Por favor. São só crianças. O pai de Kamran ofereceu três vezes o valor em cupons e dinheiro, e eles compartilharam a porção ainda não-comida em biscoitos. Crianças selvagens. Ninguém pensava no que mais poderiam estar fazendo ali, e então fizeram várias vezes, até terem catorze, aí quinze anos, e as sobrancelhas negras de Sheila afinaram, seus lábios engrossaram, as pernas de Kamran alongaram, e as mães começaram a invejar um filho assim. Naquela época, ninguém lhes contava a respeito de sexo. A mídia tentava direcionar os desejos dos garotos para a guerra e para cheirar calcinhas de garotas. Mas os jovens traficavam revistas, fotos, uma educação, e os esforços de adolescentes autodidatas farfalhavam e ressoavam em depósitos, despensas e adegas pela cidade.

Cada vez que a sirene soltava um alerta vermelho, e o estrondo de famílias disparando para porões enchia as ruas, Sheila e Kamran corriam para o depósito juntos. Cada vez que o alerta era diminuído em uma ou duas cores, quando os vizinhos suspiravam em alívio, eles socavam os travesseiros, suplicando ao desgraçado Saddam que tivesse um mínimo de coração e ameaçasse com um míssil só mais uma última vez. Esperavam por aquele alerta vermelho até que o medo e desejo se fundissem em uma infusão única, estranha e impensável, até que sutiãs ganhassem arames e não mais coubessem em bolsos, e queijo roubado se tornasse cigarros roubados, depois uma prova do destilado caseiro de Vovó ou chá de ópio, então pararam de funcionar como desculpa, porque o casal era bonito e astuto demais, e eles olhavam um para o outro como se seus jovens dentes, ainda leitosos e serrados como uma faca de pão, fossem logo afundar numa perna de cordeiro.

No final de abril, Kamran encontrou seus velhos DVDs do Abbas Kiarostami, e assistiram a *Gosto de cereja*. Ele lhe perguntou por que ela odiava lembrar, mesmo que ela, também, estivesse obviamente voltando para lá.

Então, ela contou a ele. Que a mãe dela havia conferido cada pelo no corpo de Sheila por meses. Que se arrependera de conspirar com ele. Que os pais a arrastaram para um especialista para costurá-la de volta, cedendo apenas depois do especialista aconselhar que fizessem isso logo antes do casamento, para evitar precisar fazer o procedimento mais uma vez no futuro.

— Foi um ano humilhante. Então a gente partiu para a universidade.

— Eu sinto muito — ele disse. Ele segurou seus dedos. Não era justo. Toda a merda deles desabou só em você.

De manhã, Kamran levou Nushin para o mercado.

— Vou tocar em zero superfícies, Papai.

Sheila ouviu a BBC. Fronteiras francesas haviam fechado. Esse seria o lar por enquanto. Confinamentos pela Europa durariam por todo o abril, até mesmo maio. Eles veriam muitos mais pores do sol de toranja de suas belas janelas, nenhuma fita obstruindo a vista. Logo, folhas de primavera apareceriam nas árvores além do vidro. Mas Sheila não sairá de novo, não por muito tempo. Não enquanto pasdars franceses, garotinhos ainda, vagassem com armas, latindo à procura de papéis.

Ela se sentou no carpete por muito tempo, pensando nas avós que transformavam ataques aéreos em festas, alterando as memórias das crianças. Talvez quisessem prepará-las para a dificuldade e a guerra, destroçar seus instintos e fundir em cada sensação o seu oposto. Suas sobrancelhas de garota estavam crescendo de novo. Ela desejava o sabor de cereja, canções da infância, uma refeição quente roubada do caos. Sheila se levantou do chão e abriu o armário onde havia enfiado os lençóis bolorentos do dono do apartamento. O fedor deles, as indignidades de outra era, manchavam o ar. Ela mandou uma mensagem de texto para Kamran, pegou uma pilha de travesseiros, meia garrafa de vinho tinto, biscoitos e um livro, e correu para o porão para esperar o fim da luz do dia.

AQUELA VEZ NO CASAMENTO DO MEU IRMÃO, DE LAYLA LALAMI

Tradução de Isabela Sampaio

Você parece perdida, senhorita. Está procurando a estação do consulado americano? Sabe como é, deu para notar pelo seu chapéu, sua mochila e os documentos que você segura firme contra o peito. É verdade que em Casablanca pode ter risco de furto, mas garanto que o aeroporto é um prédio seguro. Ninguém vai levar seus papéis embora. Senta, senta. Mantendo distância, é claro, nós duas sabemos das regras. Pode ficar à vontade. Faltam algumas horas para os agentes consulares chegarem e, mesmo assim, eles demoram um pouco para arrumar a mesa e começar a liberar os passageiros para o embarque.

Há quanto tempo estou esperando? Um tempão, sinto dizer. Esses voos de repatriação são só para cidadãos e — se o espaço permitir — residentes. Mas, pelo visto, o espaço não tem permitido, ao menos não pelas duas últimas semanas. Toda vez que dou entrada no pedido, ouço a mesma resposta: "Desculpe, Sra. Bensaïd, o voo está lotado." Pensei em tentar no aeroporto de Tânger, mas o serviço ferroviário está fechado e, de qualquer maneira, provavelmente tem mais gente esperando lá do que aqui. Os agentes consulares vivem me dizendo para ter paciência, que na próxima vez vou ter mais sorte.

A questão é que foi a sorte que me trouxe aqui em março. Normalmente, visito minha família no verão, quando não estou dando aula, mas, no início do ano, meu irmão anunciou que ia se casar. Pela quarta vez, dá para imaginar? Ele marcou a cerimônia bem no meio do meu recesso de primavera, só para rebater o que sabia que ia ser minha objeção imediata. Mesmo assim, disse a ele que não poderia participar porque tinha planos de ir ao Texas com meu grupo de observação de aves. Mas ele sempre teve o dom de me fazer sentir culpada. Comentou como nossa mãe ficaria emocionada em me ver, como ela está envelhecendo, como eu deveria aproveitar cada oportunidade possível de passar um tempo com ela. Não tive como dizer não.

Ainda assim, fiquei decepcionada com a interrupção dos meus planos, então programei uma visitinha até Merja Zerga, a 225 quilômetros ao norte daqui. Já esteve lá? Ah, você precisa ir qualquer dia. É uma laguna, designada como sítio Ramsar, na verdade, que abriga uma variedade impressionante de espécies de aves. Eu queria ver aves limícolas e corujas-mouras e, com sorte, flamingos e pardilheiras, que migram pela área nessa época do ano.

Antes disso, é claro, tive que aturar o casamento. Não é que eu não queira ver meu irmão feliz, sabe, é só que ele tem péssimo gosto para mulheres. Todas elas são novas, ingênuas e tementes a ele. Na cerimônia — sempre uma celebração extravagante que enchia os sogros de dívidas —

ele ficava ao lado da esposa como se estivesse posando para uma revista de moda. Meu papel era ser a irmã mais velha desleixada, preenchendo o retrato familiar em segundo plano, levemente desfocada.

Eu já tinha interpretado esse papel tantas vezes que cheguei na cerimônia preparada para seguir o roteiro. Dessa vez, foram cem convidados, um número modesto para os padrões do meu irmão, mas ainda assim o suficiente para que eu levasse um bom tempo até circular por todo o ambiente, sendo apresentada às pessoas e trocando cumprimentos e votos de felicidades. Os pais da noiva tinham várias perguntas.

— Você mora na Califórnia? — o pai quis saber.

— Moro — respondi. — Em Berkeley.

— E você dá aula de quê?

— Ciência da computação — minha mãe respondeu por mim. É motivo de orgulho para ela, acho, porque inicialmente eu disse que queria ser pintora, o que ela achava impraticável.

O pai arregalou os olhos, e houve um burburinho conforme a notícia chegava às tias, aos tios e aos primos que estavam ali por perto. Califórnia, alguém cochichou. Berkeley. Mas a noiva não se abalou; ela olhou para mim com uma pena incontrolável.

— Deve ser tão difícil para você — disse. A voz saiu esganiçada. Ao lado dela, meu irmão assentiu.

— Como assim? — perguntei.

— Morar tão longe.

— Morar em qualquer lugar pode ser difícil. — Espere até morar com meu querido irmão, pensei, e então veremos quem vai achar a vida difícil.

Mas a atenção dela já estava em outro lugar.

— Os fotógrafos chegaram — disse.

Posamos para as fotos — a noiva e o noivo com seus amigos e familiares, em diferentes variações. Comecei a sentir ondas de calor, por mais que estivesse usando um vestido sem manga e não um cafetã pesado. Eu vasculhava minha bolsa à procura dos meus hormônios quando a noiva gesticulou para que eu saísse do enquadramento.

— Agora vamos tirar uma só dos marroquinos.

Você acredita? Eu já ia fazer um comentário sarcástico quando meu irmão interveio. A nova esposa não foi mal-intencionada, disse ele, era só que a cor do meu vestido não combinava com o cafetã dela. Ele me puxou de volta para a foto, abrindo seu sorriso branquíssimo para os fotógrafos. Mas não acho que ele ligou tanto assim. Lá no fundo, se ressente de mim porque saí de casa aos dezoito anos, enquanto ele mora na casa em que nós crescemos, cuidando da nossa mãe. Talvez as coisas entre a gente pudessem ser diferentes se ele continuasse solteiro como eu, em vez de pular de esposa em esposa em intervalos de poucos anos.

Com toda a comoção, esqueci de tomar meus comprimidos. Depois de mais alguns minutos debaixo das luzes dos fotógrafos, fiquei tonta e caí, segurando na cauda do vestido da noiva para me equilibrar. A última coisa que ouvi antes de desmaiar foi o movimento do tecido ao cair no chão.

No dia seguinte, estava me preparando para a visita a Merja Zerga, profundamente emocionada com a ideia de andar de barco pela laguna, quando recebi a notícia de que o Marrocos ia fechar as fronteiras. Corri até aqui para tentar arrumar vaga num voo de ida, mas até agora não tive sorte. Falando nisso, lá vêm os agentes consulares. Eu reconheço o jovem de camisa azul. Ele esteve aqui dois dias atrás. Já está andando nesta direção; deve ter notado o passaporte azul na sua mão. Vai lá. Talvez eu veja você do outro lado.

NO TEMPO DA MORTE, A MORTE DO TEMPO, DE JULIÁN FUKS

E então, num momento indefinível entre os primeiros raios do amanhecer e a luz ofuscante do meio-dia, o tempo deixou de fazer sentido. Não houve alarde, não houve ruído, nenhum estrondo que anunciasse algo tão atípico. Alguém poderia imaginar relógios paralisados, calendários embaralhados, dias e noites fundindo os seus limites e tingindo o céu de cinza, mas não houve nada disso. O tempo desprovido de sentido era um acontecimento coletivo, mas estritamente íntimo. Não provocava mais que um torpor, uma indiferença, um tipo peculiar e profundo de desalento.

Difícil conceber a variedade de maneiras como a inexistência do tempo afetou cada casa, cada indivíduo detido numa hora infinita. Uns aumentaram o ritmo de suas tarefas corriqueiras, cobrindo o silêncio com um automatismo de gestos, lavando as mãos incessantemente, limpando com obsessão salas, cozinhas, banheiros. Outros não conseguiram impedir que o torpor tomasse conta dos seus corpos, e assim se mantiveram atirados nos sofás, inertes e impotentes — acompanhando com atenção difusa as notícias sempre semelhantes a si mesmas, toda a matemática da tragédia. Era possível que algum resquício do tempo ainda se deixasse mensurar, não por minutos, horas, dias, mas por acumulação de mortos nos gráficos televisivos.

Tudo eu observava pela janela, passeando o olhar entre os apartamentos vizinhos, me distraindo com aquela vida em frestas que a paisagem me oferecia. No exato momento da morte do tempo, se bem me lembro, eu estava deitado na rede contemplando apenas as ruas vazias. Senti que aquele instante se desgarrava do anterior e do seguinte, eternizava-se em sua insignificância, ganhava peso. O que se produzia era um inchaço do presente, como se seu vulto engordasse tanto que ocultasse o passado e bloqueasse a vista do futuro inteiro. Mesmo dos dias próximos, dias ensolarados de liberdade e inocência, já me restavam apenas lembranças remotas, carregadas de nostalgia, à beira do esquecimento. Quanto ao futuro, era tão incerto que se cancelava completamente, tornando insensato todo plano que eu concebesse, todo amor que cobiçasse, todo livro que almejasse escrever. A paralisia do tempo, eu percebia, tomava de uma vez as casas e os corpos, condenando à imobilidade também as pernas, os braços, as mãos, a existência.

Naquele dia, ou em outro qualquer, o Brasil contabilizava mil e uma mortes. Suponho que o simbolismo do número tenha contribuído à falência do tempo, pois lhe roubava até mesmo os ponteiros fatais, esgotava a unidade de medida derradeira. As mil e uma mortes eram como as mil e uma noites, eram mil mortes e mais uma morte, eram infinitas mortes e mais uma, eram infinitas mortes. Uma população inteira descobria, num mesmo interminável instante, que era capaz de experimentar em vida o caráter extemporâneo da morte. Que não era nem preciso vivenciar a dor e a infelicidade para se encontrar fora do tempo, que bastava a iminência da dor e da infelicidade — bastava que essa iminência se tornasse ampla e impessoal para que toda a ordem temporal colapsasse.

E então, quando já não restava mensuração possível, quando tudo era desnorteio e temor e tédio, vi que não demoraram a aparecer os aproveitadores, os que queriam fazer da ausência do tempo um tempo velho. Pouco a pouco, embora tudo se assimilasse num só momento, os rostos mais frequentes nos jornais foram ganhando feições sinistras, suas vozes se fazendo mais sombrias, suas expressões se assemelhando cada vez mais às de outras décadas. Quem observasse com atenção podia ver nas maiores autoridades do país a imagem quase caricata de figuras anacrônicas — sob os ternos o contorno das fardas, na sombra dos sapatos a forma dos coturnos, em suas mãos canetas longas como cassetetes.

Ouvi-los podia ser mais desesperador do que examinar seus gestos e vestimentas. Suas declarações eram o eco de outras declarações, sempre estapafúrdias e violentas. Começavam por desdenhar mortes e medidas preventivas, e contradizer pesquisas científicas, e pregar o uso de um elixir capaz de extinguir a pandemia. Passavam pela necessidade de retomar o regime de trabalho em detrimento de toda consequência, o desejo de produzir e cortar salários e derrubar a mata e, assim, abrir terreno para crescer. Culminavam, sempre, na perseguição de toda voz que se alçasse contra eles, na afronta direta a críticos e dissidentes, no anseio de subjugar seus inimigos políticos, todos comunistas, terroristas, subversivos.

Quando se calavam, produzia-se algo mais do que silêncio. Naquele dia, ou em outro qualquer, o que se produziu em mim foi um princípio de claustrofobia e a necessidade irreprimível de partir, subitamente. Deixar para trás o apartamento no qual me encerrei, deixar para trás aquela inércia coletiva em que eu me subsumia com passividade e inconsciência. Lembro que percorri as ruas a passos rápidos, e que os passos pareciam fabricar segundos, devolver à existência o compasso do tempo. Lembro que sentia alguma austeridade nas ruas vazias, nas sombras que se alongavam ominosamente, como se algo de obscuro e antigo pudesse me atacar a cada esquina. Ainda assim, ansiava por ver o rosto de alguém, o rosto de outro que não fosse eu, de quem quer que fosse, um estranho, um desconhecido — qualquer rosto humano despido de máscara ou janela me seria suficiente.

Foi sem surpresa que cheguei à casa dos meus pais, embora aquele não tivesse sido um destino consciente. Toquei a campainha com a mão protegida pela manga do agasalho, e me afastei uns passos para guardar a distância recomendável. Meus pais saíram sem pressa, cada um carregando sua cadeira dobrada debaixo do braço, dispondo-a no jardim, a poucos metros da calçada. Em seus movimentos havia serenidade, quase paz, como se o encontro não tivesse nada de excepcional. Mesmo sendo esses seres pacatos, já foram eles os dissidentes, já foram eles os subversivos, militantes clandestinos erguendo-se contra a ditadura de outras décadas. São eles agora os mais vulneráveis à doença, e, no entanto, ali resistem, sobrevivem calmamente ignorando o meu medo.

Não lembro o que conversamos, mas é vívida a lembrança da imagem que compunham diante dos meus olhos, seus rostos pálidos vincados pelas décadas, ao fundo a casa da minha infância, suas paredes manchadas pelos anos de desatenção alegre, acima do telhado a copa da árvore que plantamos juntos, num dia remoto que se fazia presente. Naquela casa morava o tempo, e só de estar ali pude sentir que ele seguiria correndo, numa cadeia incontível de acontecimentos, e que um dia o tempo apagaria os obscuros homens que nos governam, e apagaria os meus pais, e apagaria também a mim, e seguiria correndo pelas ruas, pelas praças, pela cidade inteira, deixando em seu rastro um futuro inteiro. Podia haver algo de vertiginoso e terrível no pensamento, mas, não sei, naquele instante, a certeza do tempo só me ofereceu um apaziguamento.

GAROTAS PRUDENTES, DE RIVERS SOLOMON

Tradução de Isabela Sampaio

Jerusha não conseguia entender aonde as pessoas iam antes do confinamento, afinal. Tirando o boliche — proibido para Jerry, agora que os donos tinham conseguido uma licença para vender cerveja —, não havia muito a se fazer em Caddo, Texas.

No Embarcadero, tínhamos lojas como a H-E-B, a Jo-Ann Fabric, a concessionária de carros e a Hobby Lobby; fora da pista lateral, havia o Chili's, o Rosalita's e o hotel Best Western. No centro comercial em que Lawrence Tate foi morto pela polícia, com ursos e balões sinalizando o local, havia um Walmart, uma Ross Dress for Less e uma Starbucks, e descendo a rua ficava a loja de armas e clube de tiro. Já à biblioteca, Jerry nunca foi, pois a atendente não deixava que negros ou mexicanos alugassem mais de dois livros por vez, embora o limite oficial fosse de dez. "Não leve mais livros do que dá conta, senão vai acabar com multas que não tem como pagar. Comece com dois e prove que é capaz de devolver dentro do prazo."

A 8 quilômetros além dos limites da cidade, a Penitenciária Feminina Caddo Creek não contava como parte da cidade propriamente dita, o que era uma pena, pois ali a mãe de

Jerry cumpria, havia nove anos, uma sentença de treze. Era o único lugar que prestava nas redondezas — e Caddo não teria nem mais isso a seu favor quando Jerry a tirasse de lá.

Ninguém que assistisse aos repórteres da KBCY explicando com seriedade os procedimentos da quarentena no Canal 4 poderia achar de verdade que estava perdendo muita coisa.

— Jerusha, querida. Desliga esse barulho — gritou tia Rita de seu lugar à mesa da cozinha. Estava fazendo seu criptograma diário enquanto esperava o juiz Mathis chegar dali a uma hora. — Não sei por que o povo pensa que essas medidas importam quando é Deus quem decide o destino do homem. Me deixa ver o governador Abbott se arrepender ao vivo na TV, então quem sabe eu arrume um tempo para ouvir o que ele tem a dizer. Nada vai impedir o Armagedom.

Mas Provérbios 22:3 dizia que o prudente percebe o perigo e busca refúgio, já o inexperiente segue adiante e sofre as consequências. Será que tia Rita não se preocupava com as pessoas morrendo pelo vírus? Tio Charles tinha DPOC, e tia Wilma tinha lúpus e diabetes. A própria tia Rita estava em diálise.

Acima de tudo, tinha a mãe de Jerry, presa numa penitenciária lotada, sem máscara nem álcool em gel para as mãos. Já seria ruim o bastante mesmo sem contar que ela também tinha asma, hepatite e HIV.

Será que tia Rita queria que a sobrinha morresse? Provavelmente. A mãe de Jerry era uma apóstata, e isso, para tia Rita, era pior do que a morte.

Jerry era uma garota sensata e não expressava esses pensamentos em voz alta. Assim como o homem prudente enaltecido nas Escrituras, ela evitava o perigo que sua tia-avó representava. Uma garota capaz de se esconder daqueles que lhe fariam mal tinha mais liberdade no mundo do que aquela que ostentava suas supostas liberdades ao inimigo sem pensar.

— Falei para desligar, 'Rusha.

Jerry tirou o som da TV e ativou as legendas com closed caption. Absorta nas palavras cruzadas, tia Rita nem notaria que o aparelho não estava de fato desligado.

— A senhora acha que ainda vou poder visitar a mamãe amanhã? — perguntou Jerusha.

O grunhido de tia Rita podia significar tanto reconhecimento quanto dispensa. Bebericando chá de hortelã de sua caneca, olhos fixos no criptograma, ela estava no modo "meu momento", a hora do dia em que não esquentava a cabeça com aquilo que chamava de palhaçadas da Jerry.

— De repente eu posso ver na internet — sugeriu Jerusha, brincando com fogo, mas de propósito. Se nunca falasse ou fizesse coisas que não eram do agrado de tia Rita, a mulher pensaria que ela estava escondendo algo. Além disso, a chance de se impor como superior à sobrinha-neta lhe dava um senso de propósito. Não havia motivo para tirar isso dela. Muito em breve, nem mesmo esse pequeno prazer ela teria mais.

Tia Rita bateu com a caneta na mesa, fechando a cara.

— Não precisa botar a internet no meio — disse ela. — Amanhã de manhã vou ligar para a ouvidoria e ver se vai ter visita.

Sua tia Rita não faria nada disso, mas não importava, porque Jerry não tinha nenhuma intenção de pegar o ônibus para ver a mãe no dia seguinte. A essa altura, as duas já teriam partido há muito tempo.

Quando Michael Pierce, diretor da Penitenciária Feminina Caddo Creek, matou a esposa com um golpe na cabeça, não tinha como saber que havia alguém assistindo. Suas filhas estavam na cabana dos avós, e seu cachorro, Duna, nos fundos da casa. Não foi um ato de violência planejado, mas ele chegou a calcular, assim como qualquer pessoa faz antes de cometer uma contravenção, as chances de ser pego. Graças à quarentena, ninguém daria pela falta da esposa de Michael por semanas ou mais, assim, ganharia tempo para planejar como acobertar o crime com sucesso. Sem querer, pensou ele, havia bolado o assassinato perfeito.

Se o diretor Pierce fosse um homem de mais discernimento, talvez tivesse levado a sério as fichas das três possíveis babás que sua esposa lhe apresentara catorze meses antes, para que pudesse começar as aulas noturnas. Ele teria conferido o histórico profissional de Jerry e julgado que deixava a desejar. Não porque não tivesse um bom currículo, mas porque ela não queria que seus clientes descobrissem que cobrava valores diferentes com base naquilo que poderia conseguir de cada um. Em vez disso, ele teria escolhido Jessi Tyler ou Isabel Emerson. Nenhuma das duas mantinha câmeras escondidas nas casas dos clientes depois de terem sido acusadas de roubo.

Mas quando a esposa de Michael lhe apresentou as informações que havia cuidadosamente reunido em pastas de arquivo, ele aumentou o volume da partida de pôquer que estava acompanhando na ESPN e disse:

— Tanto faz, amor. Me pergunta depois do jogo, que tal?

Sua esposa escolheu a garota que, segundo rumores, era testemunha de Jeová, pois ouviu dizer que eles eram uma seita, e ela se imaginou ajudando a garota a escapar como tinha visto na TV, com pessoas salvando garotas mórmons do casamento poligâmico.

E seria bom para as filhas conviver com uma garota que se vestia de modo tão simples. Nada daquelas porcarias de periguete. Não. Roupas boas e adequadas para garotas boas e adequadas.

Se fosse um homem melhor, talvez tivesse conversado vez ou outra com a babá que trabalhava para ele havia mais de um ano, e, se conversasse, quem sabe ela o veria com olhos mais gentis e seria mais piedosa em relação à situação toda, mas não foi o que aconteceu. Ele não sabia nem o nome dela. Alguma coisa meio bíblica, pensou o diretor. Ele a conhecia basicamente como a garota negra.

Foi esse fato o estopim da briga com a esposa. Jerusha tinha passado na casa para buscar seu último envelope de dinheiro antes do confinamento. Depois que saiu, o diretor perguntou à esposa meio que de brincadeira:

— Por que todas elas têm bunda e peito de stripper? Ela tem o quê, quinze anos? Dezesseis? Não é natural.

Ele sacudiu a cabeça, como quem diz "O que aconteceu com o mundo?". E, bem, o que de fato havia acontecido? Caddo já foi diferente.

— Você não deveria falar esse tipo de coisa, Michael. Elas não podem fazer nada — disse a esposa. Ela sempre fazia caso com qualquer coisinha.

— É só que... Você está caindo nesse papo de boa moça cristã? — perguntou. Michael a vira olhando para ele, e sim, ele olhara de volta, e sim, percebera a insinuação implícita nos movimentos de seu corpo.

— Bem, se você queria que eu contratasse outra pessoa, deveria ter dado uma olhada nas fichas. Eu a demito se você quiser.

— Eu não falei que precisava demiti-la. Não faz drama. E que fichas? Do que você está falando?

Ela sacudiu a cabeça.

— As fichas, Michael.

Sua esposa sempre fora ciumenta, dizia que ele nunca prestava atenção nela, mas a questão era a seguinte: se ela tivesse coisas interessantes a dizer, ele ouviria.

Então, mais tarde, ela o acusara de querer transar com a garota, o que era ridículo, ri-dí-cu-lo. Foi ela quem exibiu seu corpo, e se ele tivesse feito alguma coisa, o que, sim, ele admitiu que fizera, não era por uma questão de desejo, e sim por provocações gratuitas.

Sua esposa lhe dera um empurrão e o chamara de pervertido, o que era, à sua própria maneira, agressão verbal.

A chantagem era como o próprio sistema penitenciário. Não tinha jeito de escapar sem um pouquinho de sangue. Quando um estranho lhe manda um vídeo de forma anônima e em tal vídeo você está assassinando sua esposa, bem, não há nada a se fazer a não ser atender as exigências do estranho.

Até certo ponto. O diretor Pierce orquestraria a fuga de Rochelle Hayes, mas a seguiria até que o chantagista se revelasse, e então ele mesmo daria um ponto final nessa história.

Jerry pôs a mesa com refrescos, croquetes de salmão, purê de batata instantâneo, vagens e croissants.

— Ora, veja só — comentou tia Rita.

— Congelei mais um pouco de comida também.

— Você anda cozinhando feito louca nessas últimas semanas. O freezer lá dos fundos vai explodir. O vírus te botou medo? — perguntou tia Rita.

Jerry pegou o rolo de papel toalha e o colocou no centro da mesa.

— Não estou com medo. Jeová cuida dos fiéis. Dias de paz estão por vir — disse ela.

— Amém. Você vai fazer a oração esta noite, ou eu faço?

Jerry sentou-se de frente para a tia-avó para a última refeição que fariam juntas.

— Eu faço — respondeu ela. As orações de tia Rita costumavam ser arrastadas. Jeová, somos gratas pela fartura diante de nós, e vos pedimos que a abençoeis para o sustento de nossos corpos. Em nome de Jesus oramos, amém.

— Amém.

Jerry embalara duas porções da refeição da noite numa bolsa térmica que levaria consigo. Seria o primeiro gostinho de comida de verdade que sua mãe teria em quase uma década. Havia também nozes, frutas, água mineral, biscoitos, pão e latas de atum temperado para acompanhar. As lojas estavam vazias, mas a testemunha de Jeová que existia dentro de Jerry a deixava sempre preparada.

— Você está quieta hoje — comentou tia Rita.

Jerry serviu uma segunda porção de purê de batata em seu prato.

— Só estou pensando.

— No quê?

— No fim do mundo — respondeu Jerry, referindo-se ao fim de sua vida ali com tia Rita. — Minha mãe disse que quando eu nasci, marquei o início de seu Fim dos Tempos particular, mas que foi uma coisa boa. Ela diz que eu sou o motivo de ter abandonado Jeová.

Os talheres de tia Rita tilintaram contra o prato.

— Uma vergonha.

Havia uma foto da mãe de Jerry com a cabeça recém-raspada um dia depois do nascimento da filha. Ela dissera a Jerry que tinha sido dominada pelo desejo de arrancar tudo. Talvez fossem os hormônios, mas, ao ver Jerry nascer, percebeu que não daria para começar uma vida nova sem destruir a antiga. Rochelle divorciou-se do marido, deixou Jeová e virou lésbica. Deu um tiro no coração do pai de Jerry quando ele veio buscar a filha.

Às vezes, matar era uma exigência, e permitir-se ficar à mercê da vida antiga era imprudente. Era preciso ponderar as coisas. Era preciso deixar a nova vida entrar, com mortes e tudo.

Depois do jantar, Jerry conferiu sua bagagem uma última vez enquanto tia Rita assistia a *Jeopardy!* na sala. Ela tinha dez calcinhas, cinco sutiãs, cinco camisetas, três blusas e três saias, catorze meias, pasta de dente, escova de dente, fio dental, enxaguante bucal, desodorante, sua Bíblia, sua certidão de nascimento e uma arma.

Ela arrastou a mala de rodinha pela Juarez Street, depois Embarcadero, e passou pela fachada do que costumava ser uma GameStop, coberta de tapumes havia quatro anos. Passou pelo banco em memória de Dewey James, instalado graças à arrecadação organizada por um grupo de mulheres negras ativistas, em homenagem ao homem que foi arrastado até a morte por adolescentes brancos que dirigiam uma caminhonete nos anos 1980.

A cidade estava caindo aos pedaços, ervas daninhas marrons e amarelas emergindo do asfalto. Muros com pinturas descascadas. Antes do fechamento das escolas, os alunos da Caddo Elementary foram transferidos para trailers, porque o prédio principal estava infestado de mofo. O outdoor anunciando terrenos à venda se deteriorava desde dezembro, apenas os dois últimos dígitos do número de telefone ainda visíveis.

Havia certa beleza num lugar feio como este, porque quando percebemos que não tem mais nada a oferecer, fica mais fácil deixá-lo para trás.

Ao descobrir o sumiço da sobrinha-neta pela manhã, tia Rita se perguntaria se brigaram sem que ela percebesse, mas Jerry e sua tia-avó sempre estiveram de acordo numa verdade essencial, a de que tudo ao redor delas precisava ruir. Um novo mundo estaria por vir, bastava apenas disposição para fazer o que fosse necessário.

A mãe de Jerry a encontrou no castelo d'água, conforme as instruções por telefone.

— Você veio a pé até aqui? — perguntou a mulher. Foram 14 quilômetros, mas Jerry escolhera calçados confortáveis. — Ele seguiu você?

— Bem como você disse que ele ia fazer. Ali. Olha. Ele desligou os faróis — sussurrou ela, e apontou para um local na estrada a 9 metros de distância. Existem pessoas incapazes de se contentar com um só corpo morto, como se não fosse o bastante. Não teria como ele tê-la visto se aproximar na escuridão enevoada de um março cinzento.

Jerry caminhou na direção dele, a mão na pistola. Um homem que fizera as coisas que ele lhe fizera não podia durar. Aquela não seria a noite da salvação de sua mãe, mas a de si própria.

Assim como o homem prudente, ela se escondeu da mira do inimigo, aproximou-se furtivamente e disparou. Jerry realizara seu próprio Armagedom, e gostou disso.

HISTÓRIA DE ORIGEM, DE MATTHEW BAKER

Tradução de Isabela Sampaio

Do racionamento e do desespero, grandes feitos podem surgir! Na Louisiana do século XIX, durante um bloqueio naval em meio à guerra. No Japão do século XX, durante uma depressão econômica devastadora. Ou aqui, na Detroit do século XXI, em meio a uma pandemia global, numa casa rosa atarracada. É impressionante pensar que, para todo o drama que se desenrolou naqueles meses dentro de casa, tudo foi mais tarde eclipsado por aquele único evento.

— Eu fiz uma descoberta — anunciou Beverly, surgindo de camisola rosa na entrada da sala de estar.

A família inteira estava ali para o confinamento. Os filhos, os netos, os bisnetos, um estudante escandinavo do intercâmbio de alguém. A casa de Beverly era a menor de todas, mas ela se recusara a se isolar em qualquer outro lugar, portanto a família teve de ir até ela, dormindo em sofás e poltronas reclináveis e na cama extra do quarto de hóspedes. Em colchões infláveis no porão. Beverly era uma viúva de noventa anos que estudara até o ensino médio e, embora fosse rabugenta, fofocasse sem parar e, muitas vezes, floreasse histórias com detalhes escandalosos obviamente inventados, a família lhe dedicava muito amor. Isto é, todos eles, menos Ellie. Com tatuagens e piercing no nariz, ela estava no primeiro ano da faculdade, e, embora se adorassem quando Ellie era mais jovem, conforme foi crescendo, o relacionamento entre as duas azedara, e fazia anos que ela e Beverly mal se falavam. Talvez fosse precisamente pelo grau de proximidade entre as duas, inseparáveis em reuniões de família, que os demais parentes achassem o conflito tão inquietante. A rivalidade só se intensificara durante o confinamento, já que as duas se viram forçadas a coexistir a todo momento, a compartilhar uma cozinha, uma máquina de lavar e um banheiro cujo vaso sanitário vivia dando problema. Ellie parecia especialmente ressentida em relação ao sorvete. O espaço na geladeira era limitado, o supermercado fora afetado pela escassez e, para que os suprimentos rendessem, Beverly instituíra um rígido sistema de racionamento. A cota diária de sorvete era mísera: para cada indivíduo da casa, apenas uma bola por noite. Era isso ou ficar imediatamente sem sorvete e não ter mais nada, então o restante da família aceitara esta como a melhor solução, por mais que fosse triste. Todas as noites, por uma semana, a família se reunira ao redor da sala de estar, tomando bolas únicas de sorvete com um sentimento de privação. Ellie fora particularmente explícita a respeito de sua frustração. E então a família viu Beverly de pé na entrada da sala com um pote nas mãos.

— Que porcaria é essa? — perguntou Ellie.

— Uma inovação — respondeu Beverly.

No pote, uma bola de sorvete salpicada de gelo triturado vinha por cima de um amontoado de mais gelo triturado. Beverly explicou que havia preparado o gelo enchendo um saco plástico com cubos da geladeira e batendo neles em seguida por alguns instantes com um martelo de borracha. Esse, disse ela, seria o pulo do gato.

— Por favor, me diz que é uma piada — disse Ellie.

— Agora todo mundo pode ter um pote cheio — falou Beverly.

— Ninguém quer tomar sorvete aguado — retrucou Ellie, enojada.

— Eu adoraria experimentar — comentou o estudante de intercâmbio.

— É o que eu chamo de gelato gelado — disse Beverly.

— Gelato gelado — repetiu o estudante de intercâmbio, fascinado.

— Esse é o nome mais idiota que você poderia ter escolhido — disparou Ellie.

— Na verdade, eu passei bastante tempo decidindo como chamá-lo — disse Beverly.

— Dizer gelato gelado é redundante — falou Ellie.

O estudante de intercâmbio, cujo nome boa parte da família sinceramente jamais conseguiria se lembrar, exibiu domínio magistral da língua ao sugerir que, na verdade, a repetição de "gelado" talvez pudesse servir a um valioso propósito em termos sintáticos, uma vez que aquilo que os falantes da língua conheciam como gelato não continha literais pedaços de gelo.

— Eu nunca odiei tanto uma coisa na vida — afirmou Ellie.

Naquela noite, Beverly preparou gelato gelado para todos, indo e voltando da cozinha a passos lentos, e, embora ninguém da família gostasse de ter que tomar sorvete aguado, o atrativo de ter mais conteúdo no pote era inegável. Pelo resto do confinamento, a família se reuniu para tomar gelato gelado na sala de estar todas as noites, cuidadosamente pegando um pouco de sorvete e um pouco de gelo triturado em cada colherada. Apenas Ellie se recusava. Não queria nem provar. Em vez disso, toda noite tomava sorvete puro, uma única bola num pote vazio. Depois de terminar, olhava obstinada para o tapete enquanto o restante da família continuava comendo, saboreando cada mordida.

— Sabe, alguma coisa disso aqui até que é agradável — comentou Beverly certa noite, pensativa, momentos depois de engolir uma colherada.

Do outro lado da sala, Ellie bufou em sinal de desprezo.

Beverly morreu durante o sono um mês após a suspensão do confinamento, e somente décadas depois a família veio a conhecer o café de chicória e o chá de arroz. Na Louisiana do século XIX, forçada a economizar suprimentos durante um bloqueio, a população começara a acrescentar raiz de chicória para complementar o café, mas quando a guerra acabou, o estado havia desenvolvido um gosto pela bebida, e o café de chicória é ainda hoje popular na região; no Japão do século XX, forçada a economizar suprimentos durante a depressão, a população começara a acrescentar arroz torrado para complementar o chá, mas quando a economia se recuperou, o país havia desenvolvido um gosto pela bebida, e o chá de arroz é ainda hoje popular na região. Ninguém da família havia provado café de chicória ou chá de arroz antes, mas, mesmo assim, todos tiveram uma forte sensação de conexão com tais eventos, uma vez que o mesmo fenômeno ocorrera com o gelato gelado. Mesmo depois da pandemia, a família continuou a tomar gelato gelado — no início, só de vez em quando, por nostalgia, mas depois passou a ser um hábito rotineiro, até que por fim, com certo espanto, a família veio de fato a preferir essa versão. A textura incrivelmente áspera dos cristais de gelo no sorvete. A sensação gloriosamente suave das lascas de gelo. O modo como o gelo fazia o sorvete derretido brilhar lindamente sob a luz. No fim das contas, a criação foi apresentada a amigos da família, a colegas de trabalho e de classe, e a partir daí tornou-se conhecida até por completos estranhos. Certo verão, um café do bairro antigo incluiu o gelato gelado no cardápio e, no verão seguinte, havia barracas servindo o produto por toda a extensão do rio. Um noticiário local fez uma reportagem sobre turistas que experimentavam o gelato gelado pela primeira vez. Em um artigo de jornal, o prefeito se referiu ao gelato gelado como um tesouro cultural. A família vivenciou tudo isso com fascinação. Beverly vivera por noventa anos e, para dizer a verdade, naquela última década, a família já a considerava uma relíquia. Ela mesma falara nesses termos, como se os grandes acontecimentos de sua vida fossem coisa do passado. E só então, bem no finalzinho, arrastando os pés pela casa de pantufas cor-de-rosa e camisola combinando, com o apitar do aparelho auditivo indicando bateria fraca, ela fizera aquilo pelo qual seria lembrada. Ela criara uma sensação.

Ainda assim, a maior surpresa de toda a saga foi um incidente que ocorreu antes mesmo da família deixar a casa. No dia da suspensão do confinamento, antes de permitir que Ellie fosse embora, Beverly forçou a bisneta a se sentar numa cadeira da cozinha e tomar um pote de gelato gelado. Ellie tomou cada colherada com uma carranca amargurada, fazendo careta toda vez que engolia, comentando entre uma mordida e outra como o gelo estragava completamente o sorvete, como nunca houvera atrocidade maior na história das artes culinárias, como o próprio conceito era tão abominável que os anjos deviam estar chorando no céu, e como, a propósito, ela ainda achava o nome idiota. Quando por fim deixou de lado o pote vazio, olhou para a bisavó, que a encarava com expressão neutra.

— Que foi? — perguntou Ellie.

De repente, Beverly começou a rir, pondo a mão na testa em sinal de impotência, e Ellie sorriu espantada.

— Você não me engana — disse Beverly.

— Estou falando sério — insistiu Ellie.

Beverly precisou se apoiar na bancada para manter o equilíbrio, rindo tão intensamente que os ombros tremiam e, ao vê-la perdendo as estribeiras, Ellie começou a rir também, a princípio tentando impedir que a risada escapulisse, os lábios trêmulos pelo esforço de manter-se impassível, então finalmente caindo na gargalhada com as mãos no rosto.

— Você só teve essa ideia para implicar comigo — disse Ellie.

— Eu só estava tentando ajudar — insistiu Beverly.

Elas pareciam presas num loop. Quanto mais Beverly ria, mais Ellie ria, até que, no fim das contas, ali na cozinha, as duas se contorciam de tanto rir, às lágrimas.

— Do que é que a gente está rindo, afinal? — perguntou Beverly.

Mais tarde, nenhuma das duas foi capaz de explicar o que tinha tanta graça. Naquele momento, porém, algo pareceu se desprender entre elas. Ellie chegou até mesmo a deixar Beverly abraçá-la, uma última vez, antes de sair porta afora.

À MURALHA, DE ESI EDUGYAN

Tradução de Isabela Sampaio

Quatro anos antes do surto, fiz uma viagem às montanhas cobertas de neve a oeste de Pequim com meu primeiro marido, Tomas.

Ele era um artista de Lima que trabalhava com instalações e, naquele tempo, se dedicava à réplica de um claustro do século X. Anos antes, ficara obcecado com a história de uma freira da França medieval que, certa manhã, acordou aos gritos e se viu incapaz de parar. Nos dias que se seguiram, uma irmã atrás da outra se juntou a ela, até que o convento inteiro ecoou os gritos. Elas só se calaram quando os soldados locais ameaçaram agredi-las. O que atraiu Tomas, penso eu, foi a falta de opção na vida dessas mulheres, no destino delas, enviadas para conventos ainda meninas por pais que não as queriam, ou não tinham condições de sustentá-las. Os gritos pareciam uma escolha que elas podiam fazer. De todo modo, ele estava passando por dificuldades com o projeto. Na época de nossa viagem, ele não achava que fosse conseguir concluí-lo, e eu também não. Já naquele momento, algo se esvaía dele.

Mas, naquela manhã de nossa jornada para ver a Grande Muralha, as horas pareciam inteiras e intocadas. Havíamos passado semanas discutindo, mas a novidade do interior da China, com suas texturas estranhas, o clima e a comida, fizera com que as coisas mudassem entre nós. Tomas sorriu ao chegarmos à entrada para turistas, os dentes retos e branquíssimos em seu rosto miúdo.

Ao longo do caminho de pedra, vendedores nos chamavam, a respiração embaçando o ar. Aos gritos, uma mulher tentava nos vender pesos de papel de jade polido e carteiras de tecido brilhante, dinheiro falso amarrado em corda vermelha, e canetas transparentes nas quais barquinhos de plástico flutuavam por um líquido viscoso, como se subissem o rio Yangtzé. O vento era fresco e cortante, com um leve aroma da natureza que não se sente na cidade.

Entramos lentamente no teleférico de vidro que nos levaria às trilhas mais elevadas. Conforme o carro sacolejava através do desfiladeiro, por sobre as árvores negras feito as águas noturnas, demos risadas nervosas. Então, por fim, nos levantamos, caminhando pelo antigo corredor de pedra, com uma luz fraca e pálida sobre a cabeça. O ar tinha um leve gosto de metal.

— Será que a gente devia ter comprado alguma coisa lá atrás, com aquela mulher? — perguntei. — Para a minha mãe?

— O Gabriel quer cigarros chineses — disse Tomas, os olhos escuros lacrimejando com o vento forte. — Sei lá. Por alguma razão, é mais estiloso fumar cigarros estrangeiros.

— Você pega pesado com ele — comentei.

Eu não devia ter dito isso. Tomas me olhou de relance, em silêncio. Ele não gostava muito de falar do irmão naquela época. Entre os dois, havia um ódio suave cujas origens na infância ainda me eram obscuras, apesar de uma década de casamento. E a situação só pioraria, mais tarde, graças ao acidente que ocorreu dois anos depois de voltarmos da China. Tomas acertaria o sobrinho com o carro, matando o menino. Ele tinha apenas três anos. A essa altura, Tomas e eu já vivíamos nossa era da insatisfação. Eu só ia descobrir o que sabia por intermédio de um amigo em comum. A morte seria uma barreira pela qual nada ia passar, e todos os envolvidos desapareceriam do outro lado, perdidos.

Mas, naquele dia, durante as horas que se seguiram, o caminho sinuoso de pedra se estendeu diante de nós em meio à névoa distante. Caminhamos por uma seção com pedras cobertas por traços roxos, bem como rochas brancas, contrastantes, e outras de cor tão cinzenta e enlameada que sentíamos como tudo aquilo era antigo e orgânico. E, embora nosso papo fosse leve, cheio de risadas, dava para sentir — nós dois sentíamos — a sombra do meu comentário anterior.

A névoa se intensificou. Começou a nevar.

Parecia o momento certo de irmos embora. Refizemos nossos passos de volta à entrada do teleférico de vidro, mas não o achamos em lugar nenhum. Tentamos outro caminho, mas fomos parar num mirante. Olhamo-nos. A neve ficou mais densa.

Atrás de nós, um vulto inesperado se afastava a passos largos. Tomas chamou o homem, mas, quando fizemos a curva, ele já havia sumido.

A tarde foi escurecendo. Um forte cheiro de terra permeou o ar. Subimos um lance de degraus tortos que levavam a um patamar interrompido abruptamente por uma barreira. Outro lance descia até um muro sólido. Uma trilha parecia se estender a lugar nenhum, e desistimos de seguir por ali. As pontas dos meus dedos começaram a arder de frio. Imaginei Pequim naquele momento, os restaurantes luminosos na rua perto do nosso hotel, o ar cheirando a escapamento de carro, carne frita e flores aquecidas pelo sol, as pétalas caídas feito gotas de cera clara sobre o asfalto.

— A gente está num desenho de Escher — exclamou Tomas, estranhamente extasiado.

Também sorri, embora trêmula, o vento assobiando alto nos meus ouvidos. A neve se acumulou nos meus cílios, de modo que pisquei com força.

Então, surgiram duas mulheres de cabelos escuros, carregando um amontoado de vasilhas. Fiquei surpresa ao notar um leve desapontamento na expressão de Tomas. Comecei a gesticular e explicar que estávamos perdidos. Elas ouviram impassíveis, as rugas úmidas brilhando. Em seguida, uma delas virou-se na direção de Tomas e, falando num tímido mandarim, ergueu as mãos envelhecidas e limpou de seu cabelo os flocos de neve. Ele deu uma risada juvenil, encantado.

A segunda mulher tirou de uma lata próxima aos pés dois copos de isopor fumegantes de chá. Eu não sabia dizer quando ela serviu a bebida nem como conseguiu manter a água quente num dia tão frio no alto daquela montanha. Mas Tomas aceitou seu copo com grande cerimônia. Dispensei o meu.

As mulheres gesticularam para trás e lá estavam eles — os teleféricos. Com o vale negro ao fundo, as cabines de vidro balançavam como se tivessem acabado de ser restauradas.

Tomas emitiu um som de espanto. Conforme seguíamos em direção aos teleféricos, ele falava, maravilhado, sobre a sensação das palmas da mulher em sua cabeça, o peso surpreendente, a aspereza da pele.

Mas, no caminho de volta a Pequim, pouco falamos. Parecia estranho não conversar, depois de tanto tempo. Tomas era sempre tagarela nos momentos de alegria, mas agora parecia esvaziado, como se algo tivesse sido lentamente arrancado de dentro dele. Quando chegamos ao hotel, senti pela tensão de sua boca que ainda estava preocupado com alguma coisa que eu não conseguia captar. Delicadamente, peguei sua mão. Ele apertou a minha em resposta, como se soubesse para onde nossas vidas iriam, como se o estrago já estivesse feito. Por todo o mundo, luzes se apagavam, mesmo ali.

BARCELONA: CIDADE ABERTA, DE JOHN WRAY

Tradução de Isabela Sampaio

A sorte de Xavi mudou no primeiro dia do toque de recolher. Ele estava desempregado havia um mês, como me disse — dispensado de um emprego em que vendia seguro residencial por telefone para vovozinhas indefesas —, e vivia basicamente em queda livre desde então; mas o confinamento mudou tudo. Da noite para o dia, as pessoas pararam de lhe perguntar se já tinha encontrado um novo emprego e, caso não tivesse, por que não, e como exatamente ia fazer para pagar o aluguel no mês seguinte. Elas culpavam o "covirus" de modo mais ou menos automático, poupando Xavi da dor de cabeça de explicar que, na verdade, tinha sido demitido por chegar atrasado, fazer ligações de telemarketing com a boca cheia e testar vozes abobalhadas com os clientes para manter a própria sanidade. De repente, nada disso importava mais. Agora, a cidade inteira estava desempregada, a cidade inteira estava meio louca, e a cidade inteira estava desesperada para botar os pés na rua, andar pelo sentido errado da La Rambla e encarar com tristeza, por trás das vitrines escuras das lojas, coisas que não queriam comprar de verdade. A vida de Xavi tornara-se a vida de todo mundo.

Por incrível que pareça, ele próprio ainda tinha permissão para fazer tudo isso, apesar do confinamento, graças a Contessa e Sheppo. Antes da quarentena, ele os levava para passear uma vez pela manhã e outra vez após o jantar — em especial Sheppo, um lhasa apso de três anos, que enlouquecia caso não tivesse direito a seus quinze minutos diários no espaço canino do Parc de Joan Miró —, mas ultimamente eles saíam três, quatro, às vezes seis ou sete vezes por dia. Xavi encarou a situação como um sinal de que finalmente estava melhor da depressão, e isso era parte da explicação, sem dúvida; mas havia também um motivo mais existencial. Passear com os cachorros deu a Xavi a sensação de burlar o sistema, de hackear a matrix, de fazer pouco caso dos deuses. Com oito dias de lockdown, os pedestres sem autorização eram importunados pela guarda municipal, isso sem contar os próprios vizinhos — mas os cães, pequenos ou grandes, vira-latas ou de raça, tinham passe livre pela cidade. Não tardou até que Xavi enxergasse o negócio em potencial que tinha nas mãos. Apesar de seu deprimente histórico profissional, ele sempre se considerou um empresário.

No dia seguinte, Xavi espalhou a notícia — primeiro entre os moradores de seu enorme condomínio de apartamentos da era Franco na Carrer de l'Olivera, depois entre amigos e conhecidos da vizinhança — de que Sheppo e Contessa estavam disponíveis para "excursões" de duas em duas horas, por uma pequena taxa. A resposta foi instantânea. O grau de entusiasmo de seus concidadãos o deixou inquieto, na verdade. Ele se deu conta de que seria necessária uma espécie de processo de avaliação — afinal de contas, ele não era apenas um cafetão de calçada. Ele amava muito seus cachorros. Mas, por outro lado, aluguel.

Naquela noite, ele se sentou com uma caneta esferográfica azul e alguns post-its e elaborou um protocolo oficial. O primeiro passo era um e-mail ou uma troca de mensagens, no mínimo seis. O segundo passo era uma entrevista de não menos que trinta minutos, ao vivo, que aconteceria ou no espaço canino ou na sala de Xavi. Se Sheppo demonstrasse o mínimo sinal de indecisão — Contessa pulava no colo de qualquer um em poucos segundos, literalmente qualquer um, então não dava para confiar nela para julgar caráter —, era fim de papo, sem nenhuma exceção.

Para deixar a coisa ainda mais rigorosa, ele decidiu, após longa deliberação, não permitir que ninguém que tenha votado no Partido Popular no último referendo passeasse com seus cachorros, nem quem fumasse cigarros, fosse míope ou epilético, ou andasse de bengala. Ele estava prestando um serviço valioso, lembrou a si mesmo: cidadãos dignos e obedientes à lei teriam a chance de visitar a mãe, a namorada ou a casa de apostas, seus cachorros se exercitariam e ele se livraria de dívidas. De modo geral, para Xavi, esse modelo de negócio soava simples, inovador e socialmente consciente. Ao avaliar seu primeiro cliente — que Sheppo rejeitou em menos de cinco minutos —, ele já começava a se sentir o Elon Musk do Poble Sec.

A leva de clientes do primeiro dia foi, na melhor das hipóteses, uma miscelânea: um homem com cara de religioso e a careca perfeitamente redonda feito a de um monge capuchinho, que alegou a necessidade de visitar uma tia diabética em Sarrià; uma matrona que usava tênis e lhe disse que precisava dos cães para "apoio astral"; depois, o mesmo homem com aspecto de monge — que não se deu o trabalho de lhe oferecer um motivo dessa vez — e, por último, Fausto Montoya, um amigo do antigo emprego de Xavi, que aproveitou a liberdade para espionar a ex. Xavi rejeitou dois candidatos — um por votar no Partido Popular (e ser fumante), o outro por se referir à doença que dizimava a economia global e matava centenas de catalães como "Cobi", que por acaso era o nome do mascote das Olimpíadas de Barcelona em 1992. Xavi se sentira completamente honrado ao mostrar a porta da rua para o homem.

Mariona entrou na vida de Xavi no décimo dia de isolamento, seu segundo dia ativo de negócios, no horário em que normalmente fumava seu primeiro baseado. Bateu na porta do apartamento no momento em que ele acertava as contas com o capuchinho — que dava todos os sinais de que pretendia aparecer duas vezes ao dia, pontual feito um relógio, pelo resto da pandemia — e passou por Xavi sem dar nenhuma satisfação, como se já se conhecessem havia décadas. Isso intrigou Xavi, que já vinha tentando havia algum tempo reduzir o consumo de haxixe antes do jantar. Ele pediu que se sentasse, em parte para ganhar tempo, em parte porque ela era pelo menos cinco centímetros mais alta e ele já estava se sentindo um tanto oprimido. Ele lhe serviu água numa caneca rachada do Real Madrid, embora odiasse o Real Madrid com todas as forças, e se enrolou todo em sua entrevista padrão, sentindo-se cada vez menos o Elon Musk de qualquer lugar. Começou a suspeitar de que era ele quem estava sendo avaliado, não a mulher sentada de pernas cruzadas em seu futon. A área levemente decadente do cérebro de Xavi, destinada a questões éticas, começava a formigar: pela primeira vez, sem nenhuma razão aparente, ele considerou a possibilidade de que talvez seu novo empreendimento não fosse motivo de orgulho. Nada que Mariona tenha dito levantou essa questão diretamente — sua gestalt básica simplesmente conspirava para fazer com que Xavi se sentisse indigno. Também não ajudava muito sua clareza moral o fato de que o tal empreendimento fosse a única razão da presença dela em sua sala.

— Em quem você votou nas últimas eleições?

— O que isso tem a ver?

— Nada, na verdade. Estou só, sabe como é, tentando ter uma noção mais aprofun...

— Votei no CUP — respondeu ela, direto ao ponto. — Meu signo é touro. Digito cinquenta palavras por minuto e sou alérgica a alho.

A piada permitiu que Xavi risse de alívio. É claro que ela votou no CUP. Como uma pessoa tão perfeita poderia votar em qualquer outra coisa?

— Todo poder ao povo — murmurou ele, erguendo pateticamente o punho e notando uma mancha de mostarda em dois nós dos dedos. — Catalunha aos catalães...

— E Covid-19 a ninguém. — Ela sorriu. — Tirando o proprietário da minha casa, talvez.

— É um... belo sentimento. Não poderia concordar mais. — Ele prendeu a respiração. — Só mais uma pergunta.

— Graças a Deus.

— Você se importaria de me dizer para que vai usá-los?

Ela piscou de surpresa.

— Oi?

Com um quê de amor-próprio, Xavi explicou que preferia saber — estritamente pelo bem dos cães, é claro — qual era a razão do passeio de cada possível cliente.

— Não tenho uma razão — disse Mariona.

— Mas você deve ter algum motivo...

— É claro que eu tenho um motivo. — Ela o olhou como se ele talvez fosse um pouco lerdo. — Eu gosto de cachorros.

Isso calou Xavi. Ele lhe entregou as duas guias e o cartão de acesso ao prédio e ela foi embora. Só depois que ela devolveu Sheppo e Contessa, exatamente duas horas mais tarde, ele se deu conta de que não tinha pedido sua identidade.

Esperar que Mariona voltasse no dia seguinte, como uma versão mais cheirosa e menos devota do capuchinho, era pedir demais; mas, de qualquer maneira, Xavi estava inconsolável. Nada havia a se fazer agora, a não ser se concentrar no trabalho. O terceiro dia de negócios — décimo primeiro dia de isolamento — lhe trouxe duas adolescentes que afirmaram ter trabalhado numa clínica veterinária, mas que não conseguiram descobrir como apertar o peitoral de Contessa; o zelador do prédio de Xavi, que estava deixando a barba falhada crescer feito uma versão barata e rechonchuda de Che Guevara; e nada menos que três vendedores de maconha, que pagaram pelo serviço com o produto. O capuchinho veio duas vezes, pagando sua taxa de vinte euros num envelope azul lacrado com um leve cheiro de água de rosas, o que irritou Xavi profundamente sem nenhum motivo. Ele perguntou como estava a tia diabética em Sarrià, no que esperava ter sido um tom de contundente ironia. O capuchinho o ignorou.

Um dia se passou, dois dias, quatro dias, uma semana. Contessa e Sheppo nunca se exercitaram tanto na vida, e seus clientes minuciosamente avaliados pareciam tratá-los bem. Então, no vigésimo segundo dia de confinamento, muito depois de Xavi ter abandonado todo tipo de esperança, Mariona voltou. Estava de máscara dessa vez, uma que parecia feita de pijama; acima da seda com estampa estilo paisley, porém, seus olhos mostravam-se nitidamente mais convidativos do que na visita anterior. Xavi sabia muito bem identificar o desespero que nascia de semanas de tédio angustiante. Ele se convidou para o passeio, sem nem sequer tentar inventar um pretexto, e ela não fez objeções. Os dois caminharam lentamente pela La Rambla até chegar à Plaça de Catalunya, Mariona com Contessa e Xavi com Sheppo, e quando passaram pelo mictório público da pequena loja de eletrônicos cercada por tapumes na esquina da Pintor Fortuny, Xavi se deu conta de uma sensação que não tivera desde o início da pandemia: a ideia de saber o que o futuro traria.

Ela fazia pós-graduação na Pompeu Fabra e estudava para se formar em organização comunitária, área para a qual Xavi não sabia que era necessário ter diploma. Cresceu no bairro de Pedralbes, região nobre da cidade, mas só porque o pai era jardineiro de um velho rico que fazia algo que beirava a ilegalidade envolvendo rótulos de vinho. Xavi não se lembrava do formato de sua boca, não exatamente — ela era graciosamente rígida a respeito de usar máscara —, mas não tinha nenhuma razão para não achar que fosse linda. O ponto alto do passeio, e o verdadeiro marco inicial de seu romance de quarentena, aconteceu quando eles viram ninguém menos que o próprio capuchinho, que certamente não seguia na direção do apartamento da pobre tia em Sarrià, passeando com outra dupla de cães totalmente diferente.

Em uma semana, Mariona já estava de quarentena na casa de Xavi, fumando sua erva e basicamente administrando seu negócio. Xavi não fazia objeções — em linhas gerais, como me disse, ela falava e ele tentava acompanhar. Ela era inteligente demais para ele, ou pelo menos ativa demais. Foi um tempo mágico — de um jeito que se espera, mas também inquietante, porque tudo parecia tão surreal, tão improvável, que era difícil acreditar para valer. Mas, por outro lado, Xavi lembrava a si mesmo, tudo passava essa sensação ultimamente. A vida que ele — e todo mundo no planeta — conhecia fora substituída, da noite para o dia, por uma versão meio ficção científica barata de si mesma. O que era fácil de acreditar hoje em dia?

Xavi me contou esta história — sua fábula particular sobre o confinamento, como chamou — em maio, numa conversa regada a mojitos pelo Zoom. As medidas em Barcelona haviam sido suspensas, e ele estava de volta ao que era: desempregado e melancólico, do jeito que ficava ao fumar, meio que chapado demais para concluir sua fábula de modo satisfatório. As coisas com Mariona "seguiram seu rumo", explicou — mas ele não tinha do que reclamar. O sexo foi ótimo, ele aprendeu muito sobre organização comunitária, e ela genuinamente gostava de sua comida; mas, quando as medidas restritivas chegaram ao fim, e todo mundo pôde voltar a circular à vontade, tanto seu negócio quanto seu relacionamento se esvaíram feito fumaça. Ele e Mariona tiveram algo em comum durante seis semanas surreais; então, de repente, não tinham mais. Esse tipo de coisa acontece o tempo todo, sobretudo em tempos de guerra, de peste ou de fome. Ainda assim, talvez os dois tivessem uma chance de dar certo, insistiu Xavi — poderiam formar um lar de verdade, ter um relacionamento sério, talvez até filhos —, se o isolamento nunca acabasse.

Estávamos chegando ao fim dos nossos quarenta minutos gratuitos, e tentei usar o pouco de tempo que nos restava para animar o pobre Xavi. Nunca se sabe o que pode acontecer, lembrei a ele. Barcelona era uma cidade aberta novamente. Quem dirá o que o futuro nos reserva?

— Andei pensando sobre isso — disse Xavi, com um pouco mais de ânimo. — Eu estava vendo o jornal quando você ligou. Deve vir aí uma segunda onda no outono...

UMA COISA, DE EDWIDGE DANTICAT

Tradução de Isabela Sampaio

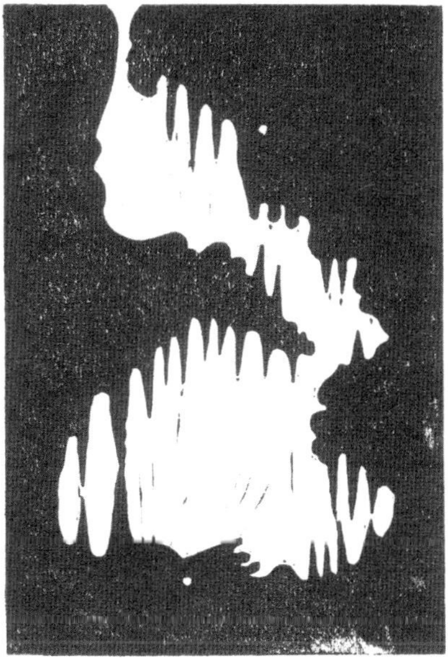

Ela está sonhando com cavernas e as rochas e minerais pelos quais ele é obcecado. No sonho, ele lhe diz que tocar uma das colunas que emergem do chão da caverna pode causar a morte da estalagmite. Ela ri e diz a ele que esse deve ser um dos motivos pelos quais ninguém mora mais em cavernas. Ele a corrige e diz:

— Talvez não no Brooklyn, mas tem gente de outros lugares que mora. São forçados pelo clima, talvez durante ou depois de um furacão, ou no meio da guerra. Para se esconder ou se proteger.

Ele a lembra de que existem cavernas de tirar o fôlego — embora não usasse mais essa expressão em particular — que adoraria visitar, cavernas de milhões de anos e, diria até, de beleza invejável, com fossos, desfiladeiros e poços de quilômetros de extensão, até cachoeiras, com explosões de cores dos arcos de mármore, cristais de selenita, pérolas de gelo ou vaga-lumes, cavernas tão impactantes que poderiam queimar suas pupilas de tanta beleza.

Ele não consegue mais falar dessa forma, o corpo vibrando com cada palavra, os punhos erguidos de emoção, a cabeça quicando de um lado para o outro, como se tentasse sempre gerar um entusiasmo do tamanho da sala para os alunos de primeiro e último anos do ensino médio, a quem dava aulas de ciências da terra e do meio ambiente. Em casa, suas frases foram se encurtando e se abreviando antes mesmo de se mostrar visivelmente doente. Ele começava a soar como alguns de seus primos recém-chegados, falando seco numa língua emprestada, enquanto a linguagem que ouviam desde o berço lentamente escapulia.

Este verão, eles planejavam visitar as grutas e cavernas da terra natal de seus pais, perto da cidade em que a mãe dela nasceu, no sul do Haiti.

— Uma das cavernas tem o seu nome — ele comentou quando decidiram solicitar na lista de casamento cotas de lua de mel para a viagem. Assim como ela, a caverna recebera o nome em homenagem a uma soldada e enfermeira, Marie-Jeanne Lamartiniére, que se vestiu de homem para lutar ao lado do marido contra o exército colonial francês na Revolução Haitiana.

— Como eu teria que me vestir para poder ver você e lutar por você, do seu lado? — ela lhe pergunta. — Eu teria que ser um médico, ou um capelão? Será que você, o ateu, teria direito a um capelão, no caso de acordar e exigir conversão?

A lembrança de sua respiração acelerada a desperta de repente. O que mais a assusta agora, nesta hierarquia recente de horrores, não é o silêncio dele, nem as batidas ofegantes do respirador, que tem horas de idade, mas quando há mudança de turno e alguém fala no telefone colocado perto do ouvido dele. A voz feminina exausta do outro lado, uma voz que ela imagina ser de uma meio-soprano num grupo a capella, pela forma como sua entonação sobe e desce, rápida e dramática, força animação e diz:

— Bom dia. Falo com o amor da vida do Ray?

Como você sabia?, ela tem vontade de perguntar. É claro que eles fazem anotações, em iPads ou em blocos de notas, para que os outros leiam, pequenos detalhes para diferenciar, individualizar. O enfermeiro da noite deve ter sido capaz de entender as palavras dela, afinal. Ele deve ter anotado exatamente o que Marie-Jeanne dissera em meio a gritos e choros: "O nome dele é Raymond, mas nós o chamamos de Ray. Ele é o amor da minha vida."

— Sobre o que vocês dois conversaram durante a noite? — pergunta a enfermeira da manhã. E, antes de lembrá-la de recarregar o telefone para que ela pudesse falar no ouvido dele outra vez no fim da manhã, e talvez pela tarde, e quem sabe mais uma vez à noite, Marie-Jeanne responde sonolenta em seu tom de voz arranhado, sobretudo grave:

— Cavernas. Falamos sobre cavernas.

Não era sempre que falavam sobre cavernas. Durante o namoro de quatro meses, entre a orientação aos novos professores de ciências e o casamento na véspera de Ano-Novo no restaurante dos pais dele na Flatbush Avenue, os dois costumavam falar mais sobre viagens. Essa era uma vantagem da profissão deles, afinal, a grande sorte de aproveitar os verões para riscar itens da lista de desejos. Ele gostava de descrever as viagens que planejavam como se já tivessem acontecido. Queria que pegassem uma locomotiva a vapor, passando entre a Victoria Falls Bridge e as gargantas do rio que cruza o Lower Zambezi National Park, na Zâmbia, e esperava que antes de terem filhos pudessem escalar o Machu Picchu, nadar com pinguins em Galápagos, olhar para as luzes do Norte de dentro de um iglu de vidro. Mas, antes, tinham que fazer a viagem de lua de mel tardia para a caverna homônima.

Assim que desliga a chamada com a enfermeira, ela se imagina dirigindo ao hospital e circulando o prédio principal. Ela estacionaria debaixo da árvore com folhagens cor de âmbar na entrada da frente. Em tempos normais, a rua seria um canal para um saguão onde os visitantes se registravam antes de entrarem no labirinto do hospital. No dia anterior, ela o deixou no outro lado do prédio, na área de emergência. Duas pessoas que pareciam vestidas de astronautas o levaram para dentro. Ele ainda conseguia respirar por conta própria e chegou até a virar a cabeça e acenar na direção dela. Não foi um aceno de despedida. Pode ir, parecia dizer por baixo da máscara, os olhos negros encobertos por óculos escuros embaçados. Tem uma fila enorme atrás de você.

Agora, ela se pergunta em que lugar do hospital ele deve estar, em qual andar, em qual quarto. O enfermeiro da noite não diz, talvez para que ela e outras pessoas não entrem de supetão no prédio e atravessem os andares às pressas para segurar as mãos dos entes queridos. O enfermeiro simplesmente diz que estão cuidando bem dele.

— Eu sei — diz ela, da mesma forma que ele talvez dissesse. — Eu sei que vocês estão fazendo o melhor possível.

Ela pensa em tocar para ele ao telefone um pouco de sua favorita da Nina Simone outra vez. Noite passada, ela tocou "Wild Is the Wind" dezesseis vezes — para as dezesseis semanas em que estiveram casados. Na festa de casamento, todo mundo esperava algum tipo de piada, um interlúdio de hip-hop no meio da primeira dança e seu break dancing pavoroso interrompendo o pesaroso jazz, mas eles dançaram os sete minutos da gravação ao vivo, de rosto colado. *You kiss me. With your kiss my life begins. You're spring to me. All things to me. Don't you know you're life itself?* *

Ela poderia ligar de volta e pedir aos enfermeiros que tocassem a música para ele agora mesmo, mas a enfermaria devia estar bastante atarefada durante o dia. Tanto a letra quanto a melodia talvez fossem abafadas pelo vaivém da equipe e pela correria aos monitores de sinais vitais. De todo modo, a noite é o momento em que ambos mais precisariam de um alívio.

Ela não se dá conta de que pegou no sono até o telefone tocar. Num movimento ligeiro, tira o aparelho das dobras do edredom amarelo sobre a cama enquanto esfrega os olhos para afastar a sonolência. Seus pais agradecem pelas compras que ela lhes entregara, e dá para ouvir o volume

* Você me beija. Com seu beijo, minha vida começa. Para mim, você é a primavera. Você é todas as coisas. Você não sabe que é a própria vida? (N. da T.)

alto da estação de notícias haitiana no rádio que eles sempre deixam ligado. Quando perguntam como está o marido, ela responde:

— Na mesma.

Quando os pais dele ligam, ela pergunta se eles querem que ela os inclua na ligação que fará mais tarde naquela noite. Eles poderiam lhe contar histórias, fábulas ou anedotas de família, lembrando-o das coisas que ele amava e estimava quando era criança.

— Dar a ele um motivo para voltar para a gente — diz a mãe dele, resumindo o que Marie-Jeanne tinha dificuldade de dizer.

— Não depende só dele, né? — interrompe o pai. Ele parece distante, como se falasse de outra extensão, em outro cômodo, e não do viva-voz do celular da esposa.

— Eu sei que ele quer voltar para a gente — diz sua sogra. — Estamos rezando o tempo inteiro. Sei que ele vai.

Tem um funeral que talvez ela possa ajudá-los a assistir on-line, diz o pai, uma cerimônia para grandes amigos que "sucumbiram". Ele diz "sucumbiram" de um jeito tão literal que, a princípio, Marie-Jeanne pensa que os amigos escorregaram na banheira ou na escada.

— Recebemos um link e uma senha — diz a sogra. Ela os envia a Marie-Jeanne por mensagem, junto de instruções, e Marie-Jeanne consegue dar um jeito de orientá-los pare que conseguissem acessar o grupo particular do funeral no laptop. Antes de desligar, Marie-Jeanne ouve sua sogra dizer ao marido: "Tem certeza de que consegue assistir?"

Marie-Jeanne usa o link para entrar na cerimônia. A câmera parece gravar de um canto no teto da capela da funerária. É um funeral duplo, um casal, quarenta e cinco anos juntos, mortos com três dias de diferença. Eles estiveram no casamento. Contribuíram com duzentos dólares para a cota da lua de mel. Estão entre os amigos mais antigos de seus sogros. As três filhas do casal, seus maridos, e quatro dos netos mais velhos estão sentados em cadeiras organizadas no que pareciam quadrados alternados de um tabuleiro de xadrez gigante. Os dois caixões estão cobertos por mortalhas roxas de veludo, idênticas. Marie-Jeanne desliza a tela antes de ouvir qualquer palavra.

Sua caverna homônima tem cinco quilômetros de extensão e mais de um milhão de anos de existência. A primeira câmara, o chão cru, tem dois andares, dissera ele. Mais adiante, existem câmaras com estalactites em forma de Virgem Maria e bolos de casamento. Dentro de uma das câmaras mais profundas e escuras da caverna, a qual os exploradores deram o nome de Abismo, ouve-se ecos das batidas do próprio coração.

Talvez hoje à noite ela lhe conte mais uma vez tudo que ele já contou a ela sobre as cavernas. Ela o lembraria também da época em que parecia hesitante de "entrar de cabeça" no relacionamento pouco depois de se conhecerem, e como ele lhe pediu que escolhesse uma coisa sobre ele para focar de cada vez, uma coisa que a fizesse se esquecer de todo o resto. Hoje, essa coisa são as cavernas. Amanhã, talvez seja Nina Simone. De novo. No dia seguinte, pode ser o balançar de sua cabeça ao falar de algo que amava, ou como ela era capaz de prever o que ele faria em seguida só de olhar através dos óculos de nerd, para dentro de seus olhos.

O telefone toca mais uma vez, e seu braço instintivamente se estica até o aparelho antes que ela se dê conta do que está fazendo. A mesma enfermeira que há pouco tentava soar alegre agora mede com cuidado as palavras.

— Eu queria falar sobre isso mais cedo — diz a enfermeira. — A ficha de internação do seu marido tem algumas palavras destinadas a você. Não sei se foram compartilhadas com você.

Já esperando um pronunciamento mais grave em seguida, Marie-Jeanne responde um "não" em voz tão baixa que precisa repetir a palavra.

— Gostaria que eu lesse para você? — pergunta a enfermeira.

Marie-Jeanne faz uma pausa, prolongando de propósito o tempo para que, caso houvesse mais notícias, pudesse adiá-las por alguns instantes. Quaisquer que sejam as palavras, ela não deseja ouvi-las na voz de uma desconhecida.

Disso ela sabe. Ela quer se ouvir lendo as palavras ou, melhor ainda, quer ouvi-lo dizê-las.

— Posso mandar uma imagem por e-mail — diz a enfermeira. — Alguém já tirou foto.

— Por favor — responde Marie-Jeanne.

Quando a notificação do e-mail aparece no celular, ela sabe quais serão as palavras antes mesmo de lê-las. Ray escrevera num pedaço de papel em branco: "MJ, Wild Is the Wind."

As palavras parecem rabiscadas com mão trêmula, num cursivo apressado. "MJ" é escrito em linha reta, mas as demais palavras escorregam pelo papel, deteriorando-se, em forma e tamanho, a ponto de não ser possível afirmar ao certo que a última não seja um "Wing".

Ela se lembra de quando ele lhe disse certa vez que, dentro da caverna Marie-Jeanne, os sons carregam peso e viajam em ondas fortes o suficiente para possivelmente rachar alguns dos cársicos mais frágeis. Ela se imagina diante das profundezas da caverna, no Abismo, ouvindo novamente o que ele sussurrou em seu ouvido durante a dança do casamento. Uma coisa, MJ. Essa é a nossa coisa agora.

AGRADECIMENTOS

Este livro nasceu como uma edição da *New York Times Magazine*. Como toda edição, especialmente aquelas produzidas à distância desde o início da pandemia, isso só foi possível graças ao trabalho duro e à dedicação de toda a equipe da revista. Em particular, gostaríamos de agradecer a Caitlin Roper, Claire Gutierrez, Sheila Glaser, Rachel Willey, Gail Bichler, Kate LaRue, Ben Grandgennett, Blake Wilson, Christopher Cox, Dean Robinson, Nitsuh Abebe, Rob Hoerburger, Mark Jannot e Lauren McCarthy. Agradecemos também a Rivka Galchen, cuja proposta de ensaio sobre o *Decamerão* foi o ponto de partida do projeto, e a Sophy Hollington, cujas ilustrações em linotipo lhe deram o toque final. Somos também gratos a Nan Graham e a Kara Watson, da Scribner, pelo apoio e pela visão; a Caroline Que, que supervisiona o desenvolvimento de livros no *New York Times*; e a Seth Fishman, da Gernert Company, que representou este livro. Acima de tudo, gostaríamos de expressar nossa gratidão e admiração aos trinta e seis autores e aos tradutores que contribuíram para esta coleção com trabalhos que nos ajudaram, em maior ou menor medida, a compreender nosso lugar em um mundo transformado.

COLABORADORES

Margaret Atwood é romancista, ensaísta e poetisa canadense. *Os testamentos* é seu romance mais recente, e sua nova coletânea de poemas chama-se *Dearly*.

Mona Awad é contista e autora dos romances *13 Ways of Looking at a Fat Girl* e *Bunny*, além de *All's Well* — a ser lançado. Nascida em Montreal, atualmente mora em Boston.

Matthew Baker é autor da coletânea de contos *Why Visit America*, já disponível pela Henry Holt.

Mia Couto é autor e biólogo ambiental de Moçambique. Os três romances de sua trilogia As areias do imperador — *Mulheres de cinza*, *Sombras da água* e *O bebedor de horizontes* — já foram lançados no Brasil.

Edwidge Dandicat é autora de muitos livros, incluindo *Breath, Eyes, Memory*; *The Farming of Bones*; *The Dew Breaker*; e, mais recentemente, *Everything Inside: Stories*.

Esi Edugyan é autora de Washington Black, Half-Blood Blues e Dreaming of Elsewhere: Observations on Home. Ela vive em Victoria, no Canadá.

Julián Fuks é escritor e jornalista brasileiro. Seu romance *A resistência* foi publicado em inglês com o título *Resistance* pela Charco Press, e seu mais recente livro, *A ocupação*, será lançado em inglês em 2021. Ele mora em São Paulo.

Rivka Galchen escreve ensaios e obras de ficção, sendo a mais recente *Rat Rule 79*, um livro para jovens leitores. Ela mora em Nova York.

Paolo Giordano é um escritor italiano. Seu livro *No contágio* foi lançado pela editora Âyiné, e seu romance, *Heaven and Earth*, pela Pamela Dorman/Viking Books.

Sophy Hollington é uma artista e ilustradora britânica. É conhecida pelo uso de gravuras em relevo, criadas a partir do processo de linoleogravura e inspiradas por folclore meteórico e simbolismo alquímico.

Uzodinma Iweala é escritor nigeriano-americano, médico e CEO do Africa Center. É autor de *Feras de lugar nenhum*, *Our Kind of People* e *Speak No Evil*. Ele mora em Nova York.

Etgar Keret é um escritor israelense, autor das coletâneas de contos *De repente, uma batida na porta* e *Sete anos bons*, ambas publicadas pela Rocco.

Rachel Kushner é autora dos romances *Telex from Cuba*, *O lança-chamas* e *Mars Club*. Um livro de ensaios, *The Hard Crowd*, será publicado em abril de 2021 pela Scribner.

Laila Lalami é autora de *The Other Americans*. Seu novo livro, *Conditional Citizens*, foi publicado em setembro de 2020. Ela mora em Los Angeles.

Victor LaValle é autor de sete obras de ficção. Seu romance mais recente é *Changeling: Sombras de Nova York*. Ele leciona na Universidade Columbia.

Yiyun Li é autora de sete livros, incluindo *Where Reasons End* e *Must I Go.*

Dinaw Mengestu é autor de três romances, incluindo o mais recente *All Our Names.* Ele é diretor do Written Arts Program da Bard College, em Nova York.

David Mitchell é autor de *Atlas de nuvens, As horas invisíveis* e *Utopia Avenue.* Ele mora na Irlanda.

Liz Moore é escritora de ficção e não ficção criativa. Seu quarto romance, *Long Bright River,* foi publicado pela Riverhead Books. Ela mora na Filadélfia.

Dina Nayeri é autora de *The Ungrateful Refugee* e *Refuge.* Suas histórias figuraram em *The Best American Short Stories* e *The O. Henry Prize Stories.*

Téa Obreht é autora dos romances *A noiva do tigre* e *Inland.* Ela mora em Wyoming e atua como professora convidada de escrita criativa na Texas State University.

Andrew O'Hagan é romancista escocês e editor geral do *London Review of Books.* Seu romance *Mayflies* será publicado em 2021 pela Faber & Faber.

Tommy Orange é autor do romance *Lá não existe lá,* publicado pela Rocco. Membro inscrito das Tribos Cheyenne e Arapaho de Oklahoma, ele mora na Califórnia e dá aulas de escrita no Instituto de Artes Indígenas Americanas.

Karen Russell é contista e romancista norte-americana, tendo mais recentemente lançado *Orange World and Other Stories*. Ela mora em Portland, Oregon.

Kamila Shamsie é autora dos romances *Home Fire* e *Burnt Shadows*. Cresceu em Karachi, Paquistão, e atualmente mora em Londres.

Leïla Slimani é diplomata francesa e autora de *Canção de ninar* e *Adèle*. Nasceu em Rabat, Marrocos, e atualmente mora em Paris.

Rivers Solomon é autora de *An Unkindness of Ghosts*, *The Deep* e *Sorrowland*, que será publicado em 2021.

Colm Tóibín é escritor irlandês e autor de nove romances. Ele é o atual ocupante do cargo Irene and Sidney B. Silverman Professor of the Humanities na Universidade Columbia, em Nova York.

John Wray é autor dos romances *Godsend*, *The Lost Time Accidents* e *Afluentes do rio silencioso* e colaborador regular da *New York Times Magazine*. Ele mora na Cidade do México.

Charles Yu é autor de quatro livros, incluindo seu mais recente romance, *Interior Chinatown*. Ele mora em Irvine, Califórnia.

Alejandro Zambra é autor de *Meus documentos* e *Múltipla escolha*, entre outros livros. Ele mora na Cidade do México.

Impressão e Acabamento:
GEOGRÁFICA EDITORA LTDA.